Emmy Grayson

CINDERELLA HIRED FOR HIS REVENGE

Эмми Грейсон

ЛЮБОВЬ ПОД МАСКОЙ ЛЬДА

Роман

УДК 821.111(73)-31
ББК 84(7Сое)
Г80

Все права на издание защищены, включая право воспроизведения полностью или частично в любой форме. Это издание опубликовано с разрешения Harlequin Books S. A.

Товарные знаки Harlequin и Diamond принадлежат Harlequin Enterprises limited или его корпоративным аффилированным членам и могут быть использованы только на основании сублицензионного соглашения.

Эта книга является художественным произведением. Имена, характеры, места действия вымышлены или творчески переосмыслены. Все аналогии с действительными персонажами или событиями случайны.

Cinderella Hired for His Revenge
© 2023 by Harlequin Enterprises ULC

«Любовь под маской льда»
© «Центрполиграф», 2024

© Перевод и издание на русском языке,
«Центрполиграф», 2024

ISBN 978-5-227-10505-9

Охраняется законодательством РФ
о защите интеллектуальных прав.
Воспроизведение всей книги или любой ее части
воспрещается без письменного разрешения издателя.
Любые попытки нарушения закона
будут преследоваться в судебном порядке.

Глава 1

Александра Мосс сидела у огромного окна, глядя на Центральный парк. Тут и там отмечала она радостные признаки того, что весна наконец-то пришла и в Нью-Йорк после долгой и особенно лютой зимы: розоватые цветы украшали ветви вишневых деревьев, зеленела трава, а на дорожках появились бегуны, велосипедисты и прогуливающиеся. Холод и зимний сумрак не хотели отступать до самого конца марта, но наконец были побеждены солнечными лучами и буйством весенних ярких красок.

В руке Александры была зажата кожаная черная папка — ее портфолио. События последних дней развивались стремительно, но не в ее пользу. Арендатор решил поднять плату за магазин в тот же день, как самая выгодная клиентка отменила огромный свадебный заказ на цветы стоимостью десять тысяч долларов. Финансовая ситуация вынудила Александру отпустить своего единственного сотрудника, и теперь ей пришлось работать одной с рассвета и до заката, составляя цветочные композиции, отслеживая заказы, не забывая про социальные сети и остальные мелочи, — чтобы держать цветочный магазин в Нью-Йорке, приходилось крутиться. А вместе с клиенткой ушел и шанс показать, что «Колокольчик» способен выдержать конкуренцию, поставляя цветы для эксклюзивных вечеринок — без таких заказов у магазина попросту не было шанса выжить.

Отвернувшись от окна, Александра оглядела пустой стол, что был единственной мебелью в комнате для конференций. Пока сюда не привезли даже стульев — переезд компании «Пирсон» состоялся буквально на днях. Они въехали на сорок шестой этаж в башне «Карлсон», где сплошь и рядом были офисы рекламных компаний, пиар-организаций и финансовых групп наподобие «Пирсон». Когда подруга Александры Памела, работающая в люксовой кейтеринговой компании, предложила ей сфокусироваться на каком-нибудь корпоративном событии, девушка призадумалась и не сразу смогла принять решение. Когда-то давно, еще будучи студенткой колледжа, она сотрудничала с компаниями, но всегда считала, что сферой работы магазина «Колокольчик» станут свадьбы, юбилеи и другие подобные вечеринки. Однако, размышляя о том, что необходимо развиваться, Александра решила принять вызов судьбы и рискнуть. Памела дала ей список компаний, где в ближайшее время намечались какие-то события, и первым делом Александра тщательно просмотрела его на предмет наличия знакомых имен — привычка, сформировавшаяся за семь лет с того момента, как ее отец, Дэвид Волдсворт, сел в тюрьму. Его финансовая пирамида рухнула, погребая под руинами множество невинных жертв — в основном это были рабочие и семьи со средним доходом. Почему-то именно этот факт разъярил средства массовой информации больше всего, и долгое время их слоганом было «Они не могли не знать, кого обманывают». Слова эти преследовали Александру повсюду, и уже спустя неделю после судебного заседания она начала покупать одежду в благотворительных магазинах и секонд-хенде, не в силах бороться с мыслью о том, что очередная шелковая блузка или платье покупается на сбережения какого-нибудь ветерана или на пенсию бедной старушки. Большая часть имущества, включая пентхаус, частный самолет, два дома — в Хэмптоне и на берегу моря на острове Мартас-Виньярд — была продана, чтобы покрыть долги отца и открыть фонд компенсации для жертв пирамиды. Даже несмотря на это, в фонде не хватало нескольких сотен миллионов долларов. Мачеха Александры очень расстроилась, но девушка была рада лишиться постоянных напоминаний того, каким путем ее отец достигал высот. Прошло девять лет, за которые ей пришлось сильно измениться, перестроиться, и вот опять настал момент, когда она оказалась на грани потери всего, что имеет.

Сделав глубокий вдох, Александра приказала себе думать позитивно: вот-вот она заключит новый контракт, и ее «Колокольчик» расцветет. Однако ее все же терзали сомнения. Начать хотя бы с того, что деятельность «Пирсона» вовсе не вызывала у нее доверия — слишком уж она была похожа на то, чем занимался отец. И потом, в таких компаниях почти наверняка многие знали имя Волдсворт и помнили скандал с финансовой пирамидой. Однако Памела заверила подругу, что директор фирмы «Пирсон» недавно переехал в Нью-Йорк из Лос-Анджелеса. Выходило, что стоило рискнуть. Самое ужасное, что могло бы произойти, — ее выпроводят с охраной. Зато в случае положительного исхода можно заключить крупный контракт, спасти свой тонущий бизнес и получить шанс показать жителям Нью-Йорка, на что она способна, прежде чем они выяснят правду о ее отце — а такое происходило не раз. Например, когда Александра искала место для магазина, ее мечтой было угловое здание рядом с книжным магазинчиком будущей жены брата. Она копила деньги на аренду, отчаянно надеясь, что к моменту открытия цветочного магазина, это место будет вакантно. И каким-то чудом оно осталось незанятым, но, когда агент поняла, кто стоит перед ней, сделки не состоялось. Оказалось, что ее собственный отец потерял все свои накопления из-за Дэвида Волдсворта...

Александра отмахнулась от жгучего чувства стыда, которое поднимало голову всякий раз, когда она вспоминала полный презрения взгляд той женщины, указавшей ей на дверь. Сейчас важно было сконцентрироваться на деле, и она критически оглядела принесенную с собой цветочную композицию. В списке событий, которым снабдила ее Памела, был бранч в Нью-Йоркской публичной библиотеке, несколько обедов и ужинов в частном доме в Хэмптоне, а также официальный прием в

Метрополитен-музее. За традиционной чашкой кофе на прошлой неделе Памела поведала подруге, что в «Пирсоне» очень ценят перспективных инвесторов и окружают их заботой, не ограничивая средств. В их целевой аудитории весьма известные и состоятельные люди, такие, имена которых можно встретить на страницах «Форбс». Правда, компания и не раскрывает имен своих клиентов, а их приглашения на вечеринки сейчас — самые желанные среди элиты.

Александра решила сделать пробную композицию для самого первого пункта в списке, бранча в библиотеке: в ней были представлены белоснежные розы и лофант, высокие цветы с длинными сине-фиолетовыми соцветиями. Прекрасное сочетание элегантности и мягких весенних оттенков, не слишком вычурно, чтобы отвлечь присутствующих от серьезного делового тона, но и не повседневно — скорее, эксклюзивно, намекая на то, что «Пирсон» — компания, умеющая сочетать традиции с инновациями. Александра погладила нежный лепесток розы, и в памяти шевельнулось смутное воспоминание об аромате фиалок и кедра, древесной смолы... Она на миг закрыла глаза, ощущая, как тело ее наполняет желание, а перед глазами возникло знакомое лицо, склоненное над ней. «Ты хочешь этого?» — прозвучал его низкий голос, ласкающий слух. Грант не скрывал собственного возбуждения, но и не настаивал. Александру восхищало это его качество, как и все в нем. Она и не предполагала, что можно так влюбиться, но в тот миг ее захлестнул вихрь эмоций, она ощутила небывалую уверенность — и, подпадая под магию момента, она обняла его за шею, потянувшись вверх, прижалась к нему бедрами и поцеловала... Александра раздраженно отдернула руку от цветка. В сентябре будет девять лет с того момента, как они расстались с Грантом, и до сих пор ей удавалось держать себя в руках.

В этот момент дверь конференц-зала открылась и вошла худощавая женщина в строгой черной юбке и красной шелковой блузке — та, что привела Александру сюда. Лицо ее обрамляли серебристо-светлые волосы, идеально подстриженные и прямые. Девушка робко заправила за ухо локон, выбившийся из прически, осознавая, как, должно быть, просто она выглядит по сравнению с этой холеной красавицей. Некогда и она могла себе позволить услуги салонов красоты. Когда империя отца красовалась во всем ее великолепии, Дэвид и его третья жена Сьюзан убедили Александру слегка осветлить пряди волос, сделав их золотистыми, что подчеркивало ее карие глаза. Теперь же салон был ей недоступен за исключением простой стрижки. Однако сейчас промелькнула мысль: нужно было позаботиться о своем внешнем виде, прежде чем прийти без приглашения в компанию, подобную этой, и попросить о встрече с организатором мероприятий. На сайте «Пирсона» была указана официальная дата начала мероприятий с сообщением контактов Джессики Эллиотт, секретаря-референта, правой руки генерального директора компании — именно она стояла сейчас в дверях. Но, к счастью, Памела сотрудничала не с ней, а именно с организатором мероприятий Лорой Джонс. Александре не составило труда найти ее контакты, потому что она была хорошо известна в Нью-Йорке и фотографии с мероприятий, организованных ею для других крупных компаний, красовались в глянцевых журналах. Вспомнив, как на этих фото выглядела Лора, Александра внутренне сжалась. Ей следовало продумать свой внешний вид, включая гардероб — для визита в «Пирсон» требовалась одежда с именем известного дизайнера.

— Генеральный директор готов к встрече с вами, — произнесла Джессика.

Александра ощутила, как сердце ее как будто пропустило удар, а в горле вырос ком, мешая дышать и говорить...

— Директор? — ошарашенно произнесла она.

— Да.

— А мисс Джонс?

Джессика слегка прищурилась.

— Вы беседовали с мисс Джонс?

Александра прикусила губу. Она ни с кем не договаривалась, потому что после многочисленных писем, звонков ей не удалось добиться ни единой встречи с представителями компаний в списке Памелы. Добравшись до «Пирсон групп», Александра решила, что просто составит цветочную композицию, чтобы сразу продемонстрировать мисс Джонс свои таланты — это хотя бы даст ей надежду, в отличие от очередного телефонного звонка, который, скорее всего, окажется неудачным. Вот только такого исхода ситуации она совсем не ждала.

— Я думала, она организатор мероприятий, поэтому...

— Большинство персонала сейчас на корпоративном семинаре в Шанхае, — пояснила Джессика.

Что ж, подумала Александра, отлично. Неясно, правда, что за интерес у генерального директора во встрече с начинающим флористом, но лучше ухватиться за шанс, нежели терять время на размышления.

— Хорошо, — ответила она. — Очень приятно, что он решил уделить мне время.

Безупречная бровь Джессики взметнулась вверх, словно она едва сдерживала усмешку.

— Это не любезность — вы его заинтересовали.

— Надеюсь, в приятном смысле слова.

Джессика пожала плечами:

— Посмотрим. У него пять минут. — С этими словами она взглянула на серебряные часики, отделанные явно бриллиантами. — Начиная с этого момента. Следуйте за мной, мисс Мосс.

Выпрямившись, Александра покрепче зажала под мышкой папку, взяла композицию и двинулась за Джессикой. Ей было весьма трудно не отставать, и Александра дивилась, как Джессике удается идти так быстро в туфлях на высоких каблуках, — сама она была в обычных балетках. Они завернули за угол и остановились у двойных дверей из красного дерева. Сердце Александры уже было готово выскочить из груди: от того, как пройдет эта встреча, зависело будущее ее магазина.

— Он ждет, — произнесла Джессика.

— Спасибо. А как его зовут?

— Он сам сообщит.

Александра непонимающе посмотрела на нее, но Джессика лишь молча окинула ее взглядом, в котором, казалось, читалось сожаление, а потом повернулась и пошла обратно по коридору, и каблуки ее снова застучали в тишине. Александра снова повернулась к дверям, но все не решалась войти. За последние двадцать лет ее жизни, еще нося имя Волдсворт, она повстречала немало эксцентричных эгоистов. Возможно, сейчас там, за дверью, ожидает как раз один из них, наслаждаясь осознанием своей власти над людьми. Наконец она постучала.

— Войдите, — прозвучал ответ. Голос был низким, и в нотках его угадывался едва уловимый акцент.

Александра застыла: ей на миг показалось, что она услышала его... но она приказала себе опомниться и сконцентрироваться. В памяти всплыла картина, которая неизменно помогала ей идти вперед, несмотря ни на что: отец в оранжевой тюремной униформе за стеклом комнаты для посещений и гневные, полные ненависти слова, брошенные им в спину дочери: «Ты никогда не преуспеешь без меня!» Дэвид хотел подорвать уверенность ее в своих силах, заставить приползти обратно за прощением, но слова его вызвали обратный эффект. В душе Александры поселилась решимость и желание доказать отцу, что он заблуждается. Правда, произошло это не сразу, а через год после того, как она обидела человека, которого сильно любила. Мысли об этом по-прежнему причиняли боль, хотя и не такую острую, как девять лет назад.

Вновь вернувшись мыслями к настоящему, Александра приказала себе выпрямиться и держаться уверенно. Что бы ни случилось в последующие пять минут, она выйдет с гордо поднятой головой, зная, что сделала все, что в ее силах. Открыв дверь, она произнесла заранее заготовленные слова:

— Доброе утро. Спасибо за то, что согласились меня принять...

Внезапно она умолкла и остановилась в дверях, не веря своим глазам. Может, ей чудится? Но мужчина, сидящий за огромным столом, никуда не исчез. Высокий, широкоплечий, прекрасно одетый в черный костюм от Армани и красный галстук — это был Грант, с которым Александра рассталась девять лет назад. Лицо его, такое знакомое, словно закалилось за эти годы и стало более жестким. Треугольный подбородок, аккуратный нос, волосы, коротко подстриженные по бокам и модно уложенные на макушке... и янтарные глаза, острый взгляд которых пронзил Александру холодом.

— Александра Волдсворт, — произнес он, откидываясь на спинку кресла, и низкий бархатный голос его, казалось, окатил ее ласковой волной, несмотря на то что имя было произнесено с холодным презрением.

Александра вдруг заметила свою визитку, лежащую в центре черного стола из орехового дерева, и поняла, почему ее приняли, несмотря на отсутствие договоренностей. Снова посмотрев на мужчину, она с трудом сумела выдержать его снисходительный взгляд. Странно все-таки, что он не попросил Джессику выпроводить посетительницу и не позвонил в полицию. Возможно, хотел лично сообщить о том, что ей вход в сверкающее здание «Пирсон групп» навсегда закрыт.

— Моя фамилия Мосс, — ответила Александра, радуясь тому, что голос ее не дрогнул.

— Вышла замуж за одного из своих богатеньких кавалеров? — ядовито спросил Грант.

— Нет, я взяла девичью фамилию моей матери. Уже несколько лет меня знают под этим именем.

— Насколько я помню, в момент нашей последней встречи ты привечала сыночка какого-то нефтяного магната. Кажется, его назвали в честь автомобиля?

— Ройс, — подтвердила Александра, не вдаваясь в подробности. Какой был смысл объяснять, что отец фактически заставил ее проводить время в его компании, дабы привлечь его родителей в качестве инвесторов в свой фонд?

— Что, не вышло? — продолжал тем временем Грант.

— Нет, — просто ответила она и указала на невероятный вид из окна — пейзаж пронзающих облака небоскребов. — Ты весьма преуспел, Грант. Мои поздравления.

— Мистер Сантос, — поправил он. — Председатель совета директоров, генеральный директор и основатель «Пирсон групп». — Грант взглянул на цветы, принесенные Александрой, и в недоумении приподнял бровь. — А ты носишь фальшивое имя и продаешь цветы. Ну и ну, как все поменялось.

Александра словно приросла к месту, не в силах сдвинуться под грузом стыда. Она заслужила все это, каждое его слово. Грант любил ее, поддерживал, заботился о ней, а она... поддалась отцу, испугавшись его гнева и не отстояв свое право на любовь.

Между тем он продвинулся в своей карьере очень, очень далеко, о чем красноречиво говорил роскошный кабинет: огромные окна до пола открывали вид на Центральный парк и город, за столом выстроились бесчисленные книжные шкафы, на полках которых стояли книги о финансовой грамотности, политике и истории, замысловатые статуэтки, награды и фотографии, на которых Грант был изображен с весьма важными и известными людьми. У окна в окружении кожаных кресел красовался стеклянный кофейный столик. Было немного странно видеть Гранта именно в такой обстановке — Александра и подумать не могла, что однажды увидит его таким. Сейчас он казался совсем другим — каким-то отстраненным и холодным. Но, в конце концов, прошло целых девять лет.

— Прошу прощения, мистер Сантос, — произнесла она, и звук собственного голоса придал ей решимости встретиться с ним взглядом. — Если бы я знала, что вы теперь возглавляете «Пирсон групп», не стала бы вас беспокоить.

Подойдя, Александра поставила на стол цветы.

— Прошу вас, примите этот скромный подарок и мои извинения за отнятое время. Я найду выход сама.

С этими словами она повернулась и направилась к двери — абсолютно так же, как и девять лет назад, чувствуя, как слезы застилают глаза. Только теперь ей не хотелось кинуться к нему в объятия, как тогда. Наоборот, Александра спешила поскорее уйти и больше не попадаться ему на глаза. Ее рука уже готова была повернуть ручку двери, как Грант произнес:

— У вас еще есть две минуты.

Александре пришлось собрать всю волю в кулак, чтобы вновь повернуться и посмотреть на Гранта.

— Что, простите?

Он указал на цветочную композицию.

— Я сказал мисс Эллиотт, что у меня есть пять минут. У вас еще осталось две минуты, чтобы уговорить меня купить то, с чем вы сюда пришли. — Грант скептически покосился на лофант. — Вероятно, вы хотите вложить деньги в ферму полевых цветов.

Его тон заставил Александру разозлиться. Единственное, что было в ее жизни постоянным, — это цветы. За несколько драгоценных лет, проведенных с дочерью до смерти от рака, Амелия Волдсворт сумела привить Александре любовь к этим цветам, и эта любовь распространялась как на дикорастущие полевые соцветия, так и на составление композиций и букетов, где каждый компонент нес в себе какое-то особое значение. Эта любовь поддерживала Александру в тяжелые моменты, помогла пережить ту неразбериху, что создал отец, подарила шанс начать все сначала, заняться тем, что она всегда ценила, бросив организовывать корпоративные вечеринки по наущению отца.

— Вы наблюдательны, мистер Сантос. Это гигантский лофант, здешний дикорастущий цветок.

— Почему вы решили принести мне полевые цветы?

Александра сделала глубокий вдох, открыла папку, вынула листок с проектом и положила его на стол. Грант провел пальцами по странице, но не стал читать. Вместо этого он снова посмотрел на Александру.

— Вы привлекаете новых клиентов, — произнесла она, стараясь говорить бесстрастно. Отмечая, что и Грант смотрит на нее абсолютно безучастно, по его лицу невозможно было увидеть ни одной эмоции. Когда-то оно было для нее открытой книгой...

— Что привело вас к подобному выводу? — спросил Грант.

— Говорят, что через две недели вы планируете несколько приемов, чтобы впечатлить потенциальных клиентов. — Александра постучала по листку. — Я могу вам помочь в этом.

— Оставим в стороне вопрос о том, кто из персонала посмел распустить язык и поделиться деталями моих личных дел. Как ваш гербарий может помочь мне убедить клиентов, располагающих миллионами, миллиардами долларов, инвестировать в «Пирсон групп»?

— Доказано, что цветочные композиции влияют на восприятие пространства, события и даже того, кто на нем распоряжается, — уверенно ответила Александра, вступив в сферу своего профессионального интереса. — Цветы привлекают больше людей, фокусируют внимание, показывают, что вы готовы вкладывать деньги и время в потенциальных клиентов. — Она легонько погладила нежный сиреневый цветок. — Вы переехали сюда из Лос-Анджелеса, и, включив в композицию местный цветок, а также цветок, являющийся символом Нью-Йорка, вы продемонстрируете, что уделяете внимание деталям, что не просто приехали, чтобы быстро заработать денег и снова умчаться.

— Полагаете, богатейшие жители Нью-Йорка знают разницу между вашим лофантом и нарциссом?

— Они будут ее знать, потому что на таких событиях я обычно использую специальные карточки, на которых написано, какие цветы в композиции и что они символизируют.

Александра умолчала о том, что еще ни разу не получала шанса воплотить ни одну из своих идей в жизнь. Грант же задумался, взгляд его сфокусировался на руке девушки, лежащей на буклете, а губы сжались в полоску.

— Как давно открыт ваш магазин?
— Шесть месяцев.

Грант презрительно фыркнул.

— И что вы можете сделать такого, что не в состоянии предложить мне более крупный магазин?

Александра выдернула свой буклет из-под его пальцев, открыла другую страницу и снова положила на стол.

— У меня вполне разумные цены. Я получила пять лет практики с одним из ведущих флористов Восточного побережья. А самое главное, я не предлагаю стандартные композиции.

— Я вижу, — ответил Грант, и по его словам было непонятно, намеревался ли он сделать комплимент или оскорбить ее. С удивлением Александра поняла, что это не имеет значения: она была уверена в том, что эта композиция — одна из лучших в ее коллекции.

— Для «Колокольчика» будет честью предоставить вам цветы для ваших приемов, мистер Сантос. Мой телефонный номер на карточке, оставленной вам секретарем, — звоните, если у вас возникнут вопросы.

Грант посмотрел на буклет, и Александра воспользовалась моментом, чтобы встать и направиться к двери. Она была вполне довольна результатом: ее не выпроводили с охраной, не вызвали полицию, не оскорбили. И потом, такое собеседование — хорошая практика для последующих встреч с перспективными клиентами.

— Как вы думаете, мисс Волдсворт, после нашей последней с вами встречи, учитывая наши отношения, стоит ли мне заключать с вами сделку?

Александра ощутила, как сердце в груди забилось сильными толчками. Очевидно, своим вопросом Грант хотел ранить ее посильнее, и нельзя сказать, что это было незаслуженно. Александра повернулась и прямо посмотрела на Гранта:

— Я хорошо выполняю свою работу, мистер Сантос. У моего магазина превосходные отзывы. Но я понимаю ваше беспокойство, учитывая то, как завершились наши отношения. Если это каким-то образом может повлиять на ваши достижения, тогда я определенно не подхожу вам. Спасибо за то, что уделили мне время.

Сказав это, Александра решительно повернулась, вышла и закрыла дверь, не желая, чтобы Грант ответил ей. Пройдя по коридору, она завернула за угол и подошла к лифту. Джессика сидела за своим столом, беседуя по телефону. Она взглянула на уходящую посетительницу и коротко кивнула, прощаясь.

Когда двери лифта закрылись и кабина заскользила вниз, девушка прислонилась к стене, закрыв глаза, чтобы не видеть свое отражение в зеркальных стенах, и закусив губу, чтобы не дать охватившему ее горю одолеть ее. Почему из всех потенциальных клиентов ей посчастливилось встретить на собеседовании именно Гранта, первого и единственного мужчину, которому она некогда отдалась, которого полюбила — и чувство это было взаимным — и так нелепо потеряла потом, позволив отцу разрушить их счастливое будущее. Грант мог бы стать отцом ее ребенка, но у нее произошел выкидыш спустя несколько недель после расставания.

Выйдя на улицу и встав у дороги, она подняла руку, вызывая такси, и в который раз подумала: права ли она была, решив построить карьеру именно в Нью-Йорке? Возможно, стоило уехать в другой город или даже в другой штат? Хотя... имеет ли смысл убегать от своего прошлого, если оно постоянно нагоняет?

Глава 2

На экране монитора Грант наблюдал, как Александра идет мимо зоны ресепшн. Вот она кивнула в ответ Джессике и вошла в лифт. Двери закрылись, но Грант по-прежнему видел ее — в лифте тоже была камера. Девушка смотрела прямо перед собой невидящим взглядом, сжимая портфолио, а потом закрыла глаза. Гранту стало на миг жаль ее, но он тут же себя одернул. Как это вообще возможно — сочувствовать той, что разбила ему сердце, не говоря уже о мелких неприятностях вроде потери работы, и тем не менее в глубине души его росло именно сочувствие. С момента их последней встречи Александра заметно изменилась и больше не выглядела такой же безупречно ухоженной. Одежда ее была аккуратной и очень ей шла, но Грант отметил, что вещи не дизайнерские: едва заметные царапины на обуви, шероховатость материала на блузке... да и волосы ее давно не бывали в руках мастера.

Заставив себя очнуться от раздумий, Грант нажал на кнопку связи с секретарем.

— Отчет готов, Джессика?
— Да, сэр, пересылаю его вам.
— Принеси его мне через пять минут.
— Хорошо, сэр.

Ожидая письма от службы безопасности, Грант снова развернул окно сайта магазина «Колокольчик». На вкладке «О нас» красовалась фотография Александры в простой желтой рубашке и голубых джинсах, лицо ее светилось от радости, она над чем-то весело смеялась, а в руках ее был горшок с каким-то буйно цветущим растением. Когда Джессика вошла в его кабинет и протянула визитку «Колокольчика», Грант, раздраженный тем, что его прервали, отметил имя владелицы и решил поискать информацию о ней, заинтригованный тем, что неизвестная посетительница набралась смелости явиться без приглашения. И был буквально оглушен, увидев на экране фото своей бывшей любовницы. Они не встречались долгие годы, и в последний раз Грант видел ее тоже на фотографии с новым кавалером — кстати, тогда улыбка ее определенно не была такой счастливой, как здесь, на изображении для сайта. В какую игру играет она, внезапно появившись на пороге его офиса спустя столько лет? И к тому же ей известно не только имя его организатора мероприятий Лоры Джонс, но и то, какие именно приемы ожидают потенциальных клиентов. Что бы она ни задумала, ей не стоит доверять — однажды Грант уже в этом убедился. Никогда бы он не подумал, что Александра Мосс, владелица крохотного цветочного магазина на окраине района Сохо в Манхэттене, имеет какое-то отношение к его прошлому. Хотя... неудивительно, что она пожелала изменить фамилию. Дэвид Волдсворт, ее отец, известный своей феерической жадностью и явными садистскими наклонностями, обвинялся в нескольких преступлениях, на его счету было и запугивание свидетелей во время слушания дела. Грант не очень-то посвящал себя в новости относительно скандала, ему было попросту не до этого. Но вердикт судей знал: Дэвида признали виновным во всем, что ему вменялось, и срок тюремного заключения был таким, что ему предстояло умереть за решеткой. Тогда, наблюдая за процессом заседания по телевизору, Грант молча поднял тост в честь присяжных и направился за следующей бутылкой пива, не желая видеть остальных присутствующих в зале заседания. Ему не хотелось лицезреть Александру даже на экране. Но имя Волдсворт все равно преследовало его. Поначалу оно всплывало на многих лекциях. К счастью, в основном преподаватели вспоминали самого Дэвида, его компанию, жертв его преступлений, новые законы, появление которых было связано с этим скандалом. Про семью Волдсворта говорили очень мало. Любой малейший соблазн найти какую-то информацию про Александру Грант беспощадно давил в зародыше. Но вот бывшая подруга снова появилась на его пороге, словно бы случайно, в образе не слишком преуспевающей владелицы небольшого бизнеса.

Грант велел Джессике заказать отчет у службы безопасности, который бы затронул эти последние девять лет, чтобы узнать подробности жизни Александры, а сам быстро просмотрел сайт магазина. Судя по всему, бизнес был легальным, а учитывая то, что открылся он за месяц до того, как Грант решил переехать в Нью-Йорк, здесь не должно было оказаться никакого подвоха. Наряду с сайтом он обнаружил страницу в соцсетях, а еще несколько статей о падении всемогущего Дэвида Волдсворта со своего пьедестала. Все его дома, включая тот, что был на побережье в Хэмптоне, были проданы с целью компенсации убытков жертвам финансовой пирамиды. О самой же Александре и ее сводном брате Финли — ублюдке, что доводил ее до нервных срывов, — не было почти никакой информации. Все материалы фокусировались на Дэвиде и его интервью из-за решетки — даже в них он не признавал себя виновным.

Грант долго не мог забыть Александру. В первый месяц после расставания он продолжал видеть ее во сне ночь за ночью, вспоминал каждую их встречу начиная с самой первой, в саду, и заканчивая первым поцелуем на колесе обозрения, когда шум океана вторил приглушенному стуку его сердца. Он не мог взять в толк, что произошло. Не сомневаясь в том, что был у Александры первым, Грант не понимал, что изменилось за короткий промежуток времени между их последней романтической ночью на пляже и последующим днем, когда она объявила о расставании. Спустя столько времени он по-прежнему помнил вкус того унижения и ненавидел себя за то, что питал ложные надежды на то, что Александра объяснится с ним, скажет, что все это ужасная ошибка. Только увидев ее фотографию в соцсетях под руку с каким-то смазливым блондинчиком, несомненно, кандидатом в один из вузов Лиги Плюща, — судя по дате, снимок был сделан на следующий день после расставания с Грантом, — он поверил в ее слова: между ними был всего лишь курортный роман, ничего серьезного.

С того дня Грант заставил себя выбросить из головы все воспоминания об Александре и с головой погрузился в учебу. Его приняли в магистратуру Стэнфорда во время весеннего семестра. Он позволял себе вспомнить бывшую любовницу лишь раз в году, на День труда, когда поднимал бокал за нее и ее отца. В конце концов, им Грант был обязан своим успехом. И потом, предательский поступок Александры заставил его сконцентрироваться на людях, которые были по-настоящему важны для него, и на больших свершениях. Так, например, Грант поставил себе цель достигнуть такого уровня благосостояния, который бы обеспечил ему уверенность в том, что он и его мать никогда больше не будут нуждаться. Потом следовало отомстить за отца и вернуться в свою родную страну. Наконец, войти в круг высшего света Нью-Йорка — чего от него не ожидали люди, подобные семье Волдсворт.

Компьютер Гранта издал тихий сигнал. Нажав на пару клавиш, он открыл отчет касательно жизни Александры Мосс, урожденной Волдсворт. «Колокольчик» был и впрямь лицензированным магазином и даже имел страховку, однако едва покрывал долги. Александра в любой момент могла стать банкротом, притом что она арендовала помещение в самом захудалом районе города. Проживала она неподалеку в однокомнатной квартирке за книжным магазином. Еще в отчете были приведены сведения о трудовой деятельности Александры: она много сотрудничала с разными флористами, а порой не гнушалась даже сдельными подработками вроде выгуливания собак и сотрудничества с ресторанами в качестве официантки. В графе «Образование» стояло название муниципального колледжа, а вовсе не Принстона. Что ж, Александра и впрямь была на грани бедности. Почему же она решила так необычно постучаться в его жизнь снова? Узнала о его богатстве? Придумала какую-то хитрую схему? Грант ощутил, как его начинает переполнять гнев. К тому же остается вопрос о том, как она узнала о планах компании «Пирсон». Придется выяснять, у кого из персонала такой длинный язык. Грант поначалу не планировал всю эту акцию с секретностью для того, чтобы разжечь и поддержать интерес к деятельности «Пирсон групп», но все же решился на нее и теперь сознавал, что его команда сработала превосходно, сумев привлечь на бранч в Нью-Йоркской публичной библиотеке больше сотни самых состоятельных жителей Нью-Йорка. Пять богатейших семей согласились на целую неделю стать его гостями в доме в Хэмптонс — доме, приобретенном им совсем неспроста. Разумеется, отчасти из-за чудесного вида на океан и частного пляжа, но еще и потому, что он был так похож на другой дом всего в паре миль оттуда — дом, где Гранту довелось испытать невероятные по силе чувства: самое острое счастье и невыносимую боль.

Грант взял в руки буклет, оставленный гостьей. Читая его, он не мог не признать, что Александра неплохой специалист. Она хорошо разбиралась в цветах и во всей индустрии в целом, судя по деталям, включенным в описание композиций. Что же до цен, то они были умеренными, порой даже низкими. Неудивительно, что она стала флористом, внезапно подумалось Гранту. Он вспомнил момент их первой встречи. Александра, тогда совсем юная, сидела у розового куста — розы обрамляли дорожки в саду их частного дома — и выдергивала из земли сорняки. На ней был яркий желтый топ и джинсовые шорты, а на голове красовалась соломенная шляпа. При взгляде на Гранта лицо ее озарилось солнечной улыбкой, и он понял, что пропал.

Сердито швырнув буклет на стол, Грант отошел к окну и встал, глядя вниз, на переполненные людьми улицы Нью-Йорка. Все это давно в прошлом, да и было ли между ними хоть что-то настоящее? Легче признать, что Александра использовала его и отбросила, точно ненужную вещь. В конце концов, сделав для себя это неприятное открытие и приняв его, Грант весьма преуспел: получил степень магистра, заработал свой первый миллион до тридцати лет и вот готов был стать миллиардером. Если он продолжит и дальше трудиться, то «Пирсон групп» станет одной из первых инвестиционных компаний на Восточном побережье.

Грант повернулся обратно к своему столу и невольно взглянул на цветочную композицию — яркая и неординарная, она не могла не притягивать глаз.

В голове его начал оформляться смутный план действий. Хорошо, что на сей раз он играет первую скрипку. Заключив контракт с Александрой, он сможет убить двух зайцев одним выстрелом: во-первых, добавить роскоши предстоящим приемам, а во-вторых, и это главное, — показать бывшей любовнице, что она потеряла. О, как приятно будет наблюдать за некогда известной и не знающей ни в чем отказа Александрой Волдсворт в качестве его сотрудницы! Он будет отдавать ей приказы, обеспечивая своим гостям комфорт по высшему разряду. У нее хватило наглости явиться к нему после всего, что она ему наговорила, после того, как она обманула его, заставив полюбить себя в обмен на пару лживых слов. Что ж, настало время заплатить по этому счету. Грант готов показать ей все, чего сумел достичь, а она пусть старается не упустить эту работу.

С этими мыслями он нажал на кнопку связи с секретарем.

— Слушаю вас, мистер Сантос, — раздался голос Джессики.

— Свяжись с Лорой Джонс и попроси ее заказать три презентации от цветочных магазинов для предстоящих приемов — что-нибудь похожее на то, что оставила нам мисс Волдсворт.

— Волдсворт? — непонимающе переспросила Джессика.

— Мисс Мосс, — поправил себя Грант. — Жду презентации к пяти часам.

— Да, сэр.

Закончив разговор, Грант постучал пальцем по буклету. На сей раз он не позволит Александре оскорбить себя — теперь он хозяин ситуации.

Глава 3

Александра рассеянно смотрела в свой бокал с красным вином, сидя в уютном книжном магазине под названием «Хранитель историй». Играла ненавязчивая джазовая музыка, на заднем фоне слышались голоса и смех, звон бокалов. За окном шелестел весенний дождь, и по улицам бежали горожане, пряча лица за зонтами от любопытных взглядов тех, кто уютно устроился в теплых магазинах и ресторанчиках.

— Что тебя гложет? — раздался голос рядом, и напротив сел Финн — тот самый несносный братец, что раньше умел лишь доводить Александру до слез.

Кто бы мог подумать, что однажды он станет ее лучшим другом — а еще что у него будет невеста из простых обывателей, а вовсе не из звездной элиты. Она заведовала этим самым книжным магазинчиком, где так любила сидеть за интересным чтением Александра. Обычно подобные вечера, особенно в дождь, были ее излюбленным времяпрепровождением. Но сегодня вместо героев захватывающего сюжета мысли девушки занимал Грант — и глаза его, излучающие холод и презрение, вновь и вновь вставали перед взором Александры. Она видела его недобрую ухмылку, и весь его силуэт точно вырастал перед ней. Как вообще могла она поверить в то, что позабыла его? Сейчас боль ее была ничуть не меньше, чем в тот день, когда она рассмеялась ему в лицо и сказала гадкие слова о том, что она никогда не станет встречаться с обычным садовником, не говоря уже о том, чтобы влюбиться в него.

С ужасом и стыдом думала она о том, что заслужила каждое его слово, каждый презрительный взгляд.

— Ничего, — ответила она Финну, он же наклонился и накрыл ее бокал ладонью.

— Если желаешь напиться, Аманда только что получила портвейн. Я терпеть не могу вино, но его выпью с удовольствием.

Александра не могла не улыбнуться, хотя настроение ее было хуже некуда. Сложно было представить, что парень, сидящий напротив, в джинсах и черной рубашке с маленьким логотипом магазина — белой книжкой, вышитой на нагрудном кармане, — это тот самый Финли Волдсворт, выпускник Принстона, дамский угодник, восходящая звезда в семейном бизнесе, приемный сын, почитаемый Дэвидом так сильно, что он официально усыновил его, чтобы «иметь наследника, который сохранит имя Волдсворт». Теперь брат носил имя Финн Дэвидс, работал учителем экономики в местной школе и был обручен с директором данного книжного магазина и прилегающей кофейни.

— Мы с Амандой можем одолжить тебе денег, Алекс, — внезапно произнес Финн, положив руку ей на запястье.

Александра лишь покачала головой:

— Ну уж нет, у вас скоро свадьба, вам нужно покупать дом, и я надеюсь, к следующему году в нем появится на одного человека больше.

Александра почувствовала укол зависти, проследив за вмиг потеплевшим взглядом Финна. Он смотрел на светловолосую женщину за стойкой — Аманду. Та заметила и послала ему воздушный поцелуй, подмигнув Александре. Она же в ответ подняла свой бокал, думая о том, что хорошая сестра должна радоваться успехам брата, а не завидовать ему.

— А что, если ты предложишь услуги «Колокольчика» кому-то из тех, о ком говорила тебе Памела?

— Я как раз сегодня попала в офис одного из этих людей.

Финн выпрямился.

— И что же?

В этот момент к ним подошла Аманда. Перед Финном она поставила пузатый бокал с темным портвейном, а перед Александрой — тарелку с фруктами и сыром.

— Ты заключила контракт? — спросила она оживленно, садясь рядом с женихом.

— Не совсем. — Александра одним махом допила содержимое своего бокала. — Это был Грант Сантос.

Финн закашлялся, поперхнувшись, и Аманде пришлось взять его бокал.

— Грант? — сумел наконец выдавить брат. — Что он делает в Нью-Йорке?

— Кто такой Грант? — поинтересовалась Аманда.

Александра бросила умоляющий взгляд на Финна. От Аманды у нее почти не было секретов, та была ее хорошей подругой, но при мысли о том, что нужно будет пересказывать всю историю, она готова была заползти под стол от стыда.

— Он ее... бывший парень, — поколебавшись, ответил Финн. — Мой приемный отец заставил их расстаться. Александре было всего девятнадцать.

Аманда заметно помрачнела. Она ненавидела Дэвида Волдсворта за то, что тому был важен лишь успех, а не предпочтения детей. Он так и не принял решение Финна зажить более простой жизнью и писал ему бесконечные письма с требованиями бросить Аманду и найти женщину, которая бы подарила ему привычный стиль жизни. Его совсем не смущал тот факт, что Финн и Аманда любят друг друга и счастливы вместе.

— Негодяй, — бросила девушка.

— Согласен, — ответил Финн.

Александра лишь устало смотрела на свой пустой бокал.

— Я принесу тебе еще, — сказала Аманда, вставая и обнимая ее.

— Тебе неслыханно повезло, Финн, — произнесла Александра.

— Да. Но не пытайся сменить тему. Что произошло?

— Грант неплохо устроился. Он очень успешен и сейчас запускает новую инвестиционную компанию в Нью-Йорке — «Пирсон групп».

Финн присвистнул.

— Я слышал о ней. Так ее возглавляет Грант?

— Да, он генеральный директор и имеет еще пару должностей. — Александра слабо улыбнулась. — Он многого достиг.

— Да уж. Так он заключил контракт с тобой? А как разговаривал?

— Отстраненно-холодно, если так можно сказать.

Финн нахмурился:

— Если бы он знал, через что тебе пришлось пройти...

— Он не знает и не должен узнать, — твердо произнесла Александра. — Незачем ворошить прошлое. Я сделала свой выбор и должна смириться с его последствиями. Я позволила отцу диктовать мне свою волю. Сказала Гранту ужасные вещи, из-за меня его уволили.

— Но отец грозился депортировать Гранта и его мать, — возразил Финн. — А потом ты забеременела...

— Финн!

Тот умолк, прищурившись, и видно было, что он разозлен: на лбу его пульсировала жилка. Финн был единственным, помимо врачей и медсестер, кто знал, что произошло той октябрьской ночью с его сестрой. Он же и отвез Александру в больницу, когда у нее внезапно началось кровотечение, сопровождаемое острой болью. Он держал ее за руку, когда врач сообщил печальную новость о начавшемся выкидыше, остался с ней на ночь и потом дома выхаживал неделю, пока Дэвид и Сьюзан пропадали в очередном отпуске.

Та ночь была вторым ужасным событием в жизни Александры, однако она стала поворотным моментом в отношениях со сводным братом. Финн повзрослел, став свидетелем ее трагедии, и стал иначе вести себя с сестрой. Когда спустя пару месяцев вся их привычная жизнь рухнула, их отношения были единственным, что осталось.

— Я не знал Гранта как следует, — наконец произнес Финн. — Но он казался мне разумным парнем. А еще я думаю, Алекс, по-настоящему любил тебя. — Он положил ладонь на руку сестры. — Ты все еще можешь рассказать ему всю правду.

— Нет, Финн. Скорее всего, я его больше никогда не увижу.

И в этот момент прозвучали слова, произнесенные таким знакомым низким голосом, словно прорезавшим уютную тишину книжного магазинчика:

— Добрый вечер, мисс Волдсворт.

Александра закрыла глаза, отчаянно желая, чтобы все это оказалось игрой ее воображения, но...

— Прошу прощения за то, что помешал вашему свиданию.

Повернувшись, она увидела Гранта, стоящего позади.

— Грант, — воскликнула Александра, но тут же исправилась, — мистер Сантос. Что вы здесь делаете?

Грант многозначительно посмотрел на Финна, чья рука все еще лежала на руке Александры.

— Пришел поговорить о вашем деловом предложении. Но, похоже, я не вовремя.

Финн встал и протянул руку.

— Давно тебя не видел, Грант.

Темные густые брови Гранта сошлись на переносице, но моментом позже он узнал, кто перед ним. Александра с трудом сдержала улыбку, наблюдая за этой сценой. Недоверчиво взглянув на протянутую руку, Грант помедлил, прежде чем пожать ее.

— Не узнал тебя, Финли.

— По собственному опыту знаю: если не ходить так, будто аршин проглотил, то замечать, что вокруг творится, намного легче, — усмехнулся Финн, однако Грант даже не улыбнулся. — А ты по-прежнему серьезный парень.

Тут их беседу прервала сгорбленная пожилая женщина с совершенно седыми волосами.

— Простите, молодой человек, вы ведь здесь работаете? Я увидела логотип на рубашке... мне нужна помощь, не могу отыскать книгу, — обратилась она к Финну.

— Рад буду помочь, — кивнул тот и обратился на прощание к Гранту: — Будь повежливее с моей сестрой.

И снова Грант промолчал, лишь проводил глазами Финна, который повел покупательницу под руку к книжным полкам, что тянулись от пола до потолка. Александра воспользовалась моментом, чтобы повнимательнее посмотреть на бывшего возлюбленного. В момент их первой встречи она не заметила, с какой уверенностью и достоинством он держался: в нем больше не было той ребяческой задорности, но появилось спокойствие, какая-то внутренняя сила. Грант научился ценить себя и свои усилия. В густых волосах его появилось немало серебряных прядей... С болью Александра подумала: что бы произошло, расскажи она ему тогда правду? Каковы бы были их отношения, если бы она не позволила своим страхам одолеть себя и поборолась за свою любовь? Невольно поймав его взгляд, Александра замерла. На миг ей показалось, что в его глазах она увидела отблеск прежнего огня. Когда-то Грант смотрел на нее так, точно не верил в то, что она настоящая, точно перед ним было что-то чудесное и бесконечно драгоценное. Но сейчас... должно быть, ей и впрямь просто показалось.

— Ты вроде не завсегдатай подобных мест, — произнесла наконец Александра, чтобы нарушить тишину.

— То же самое я могу сказать про тебя и твоего братца, — парировал Грант, окидывая взглядом старенькие, но яркие кресла и диваны, разбросанные между высокими стеллажами книг.

В глубине магазина двойные стеклянные двери вели на маленькую веранду, обновленную руками Финна. Огни кафе отражались в мокрой плитке, облицовывающей пол. Конечно, все это было совсем не похоже на рестораны высокой кухни, в которые Александра ходила раньше в компании отца, его жен и подружек.

— Как ты нашел меня? — спросила она Гранта.

— Я был в твоем магазине. Он был закрыт, поэтому моя служба безопасности отыскала твой домашний адрес. Я увидел тебя в окне. — Грант снова кинул взгляд туда, где исчез Финн. — Как вообще вышло, что у Финна появился книжный магазин?

— Это магазин родителей его невесты, она здесь директор. Финн просто помогает в перерывах между учебой.

— Никогда бы не подумал, что Финли Волдсворт будет обручен с продавцом или что он начнет преподавать, — сухо отметил Грант.

— Сейчас его зовут Финн Дэвидс, он взял фамилию родного отца. Они с Амандой по-настоящему счастливы.

Грант долго и пристально смотрел на Александру, а потом внезапно спросил:

— А ты счастлива?

Александра была так удивлена этим вопросом, что едва сумела скрыть замешательство, потянувшись за бокалом.

— Да, — наконец ответила она, чувствуя, как взгляд Гранта буквально прожигает ее насквозь. Посмотрев на него, она тут же поняла, что ее откровенная ложь с попытками «держать лицо» вызывает у него усмешку.

— Наверное, разочарована своим нынешним положением?

Александра нахмурилась и со стуком поставила бокал — так, что вино даже немного выплеснулось.

— Считаешь меня такой снобкой?

— Я скорее умру, чем выйду на люди в компании садовника, — бросил ей в ответ Грант, и Александра внутренне сжалась, услышав именно то, что она же сама сказала ему девять лет назад.

Тогда, произнося это, она наблюдала краем глаза за отцом, и чем более довольным становилось его выражение лица, тем более ужасные слова она выбирала, надеясь на то, что Дэвид поверит в это представление и оставит Гранта с матерью в покое. Возможно, он бы все равно сделал им гадость — просто так, но ему не выпало шанса, поскольку его арестовали.

— Я была тогда другим человеком, — ответила Александра.

— Да уж, это ясно.

— Мне жаль, Грант, что я причинила тебе боль, — сказала она, и Грант снова смерил ее долгим, пристальным взглядом.

— Да, так и было, — ответил он безжалостно.

— Я это знаю. Может быть, ты не поверишь, но я рада за тебя. Мне сейчас нелегко, но... — Александра обвела рукой книжные стеллажи, — честно говоря, сейчас я чувствую себя куда лучше, чем когда-либо. Это уже что-то, у многих людей нет и этого. — Она вымученно улыбнулась. — Когда-нибудь мой разум будет созвучен с моим сердцем, и я осознаю это. — Она встала. — Но сейчас, если тебе больше нечего сказать, я попрощаюсь. Завтра у меня тяжелый день, и...

— Компания «Пирсон групп» готова заключить контракт с «Колокольчиком».

Глава 4

Грант молча обругал себя за слабость, увидев, как Александра медленно села на стул, не сводя с него огромных удивленных глаз. Очевидно, она была в шоке. А между тем он собирался сообщить о своем решении совсем иначе, но, когда девушка начала уходить, непонятно откуда взявшееся сочувствие и предвкушение чего-то недоброго заставили его заговорить поспешно и совсем не так, как планировалось.

— Ты хочешь предложить мне контракт? — недоверчиво переспросила Александра, и в голосе ее явственно послышалось опасение. Гранту это не понравилось: он ожидал услышать нотки благодарности, увидеть облегченную улыбку, а вовсе не настороженность во взгляде.

— Да, — ответил он.
— Но почему?
Грант с трудом скрыл раздражение.
— Твоя композиция очень оригинальна. Наш организатор событий Лора Джонс позвонила трем разным флористам, чтобы узнать их цены и посмо-

треть на цветы. Один не сумел уложиться в сроки, другой предложил банальные вещи, а третий, хоть и сумел найти оригинальные композиции, заломил тройную цену. Мисс Джонс очень понравилось твое предложение — и мне тоже.

Тут Грант не покривил душой — он бы не стал заключать контракт с Александрой, если бы ей нечего было ему предложить. Делать это только ради мести означало бы поставить под удар репутацию своего дела, которое он долго создавал.

— Не могу поверить, что мисс Джонс выбрала меня, — прошептала Александра.

Грант наблюдал за ней во все глаза и мог бы поклясться, что, не знай он истинной сущности этой девушки, поверил бы в каждое ее слово. Какая актриса — в широко раскрытых глазах истинное, неподдельное удивление, тот же наивный взгляд, что покорил его тогда, девять лет назад... но сейчас он не позволит снова себя обмануть! Теперь настало время ей платить по счетам.

— Если вы не уверены в своих силах, мисс Мосс, тогда, вероятно, мне не стоило приходить, — сказал Грант, вставая.

— Подожди! — воскликнула Александра, и он подавил довольную ухмылку: его уловка сработала. — Послушай, учитывая все, что между нами было, разве странно, что я задаюсь вопросом: отчего ты хочешь со мной сотрудничать?

— Ты и твой отец преподали мне ценный урок много лет назад. Я научился вести дела, не давая волю чувствам. — Грант заметил краем глаза, как при этих словах Александра вздрогнула, но не подал виду, хотя и ему самому стало вдруг не по себе. — У тебя была подробная презентация и очень разумные цены. Мой организатор событий провел дополнительное расследование на рынке и согласился с моим мнением: твой магазин на данном этапе — лучший выбор.

Александра медленно выдохнула.

— Ладно.

— Ладно? — переспросил Грант, наблюдая, как девушка слегка склонила голову и волна темных волос упала ей на плечо.

— Прости, Грант... то есть прошу прощения, мистер Сантос, — произнесла Александра, и Грант возненавидел себя за то, что обрадовался, услышав нотки надежды в ее голосе. — Последние несколько недель выдались трудными для меня. Я очень ценю ваше предложение и буду рада потрудиться для «Пирсон групп».

С этими словами она протянула ему руку. Грант посмотрел на нее и, приняв решение, протянул свою. Если уж он хочет разделять бизнес и чувства, то глупо бояться простого рукопожатия. Но стоило ему коснуться ее ладони, ощутить ее живое тепло, как заработала какая-то неведомая магия: Гранту не хотелось отпускать руку Александры, отводить взгляд от ее искренней улыбки... усилием воли выдернув руку, он вытащил телефон и заставил себя сконцентрироваться на нем, игнорируя участившийся пульс.

— Я попрошу Джессику назначить вам встречу, чтобы все обсудить — каждый прием, место, где он состоится, что мы хотим увидеть в ваших композициях. Конечно, вам уже кто-то сообщил кое-что, но я бы предпочел, чтобы в дальнейшем вы узнавали всю информацию от меня.

С этими словами Грант окинул девушку грозным взглядом, позаимствованным у одного профессора еще в Стэнфорде, — тот умел буквально пригвоздить к месту любого, будь то студент или финансист организации. Однако, если это и напугало Александру, она ничем не выдала себя.

— Разве вы не директор «Пирсон групп»?
— Да.
— Тогда почему я буду работать не с мисс Джонс?
— Будете — иногда. Но пока весь штат находится в Шанхае, вы будете общаться со мной и моим ассистентом Джессикой.

В глазах Александры мелькнула тень.

— Но вы не доверяете мне.

Слова эти были сказаны так тихо, что их можно было не расслышать за приглушенной беседой покупателей, музыкой и звоном бокалов. Если бы Грант не помнил, как Александра отдавалась ему — страстно, целиком, — а спустя сутки бросила ему в лицо оскорбления, он бы поверил ей и сейчас.

— Нет, не доверяю.

К чести девушки, она не стала возражать или оправдываться, а просто кивнула:

— Хорошо.

Было бы куда легче, подумал Грант, если бы она протестовала, кричала и заламывала руки; но это спокойствие, с которым они оба констатировали факты, отнимало у него решимость, заставляя оживать старые раны.

— Теперь, когда мы все прояснили, я добавлю к оговоренной контрактом сумме бонус — пятьдесят процентов от нее, если работа будет выполнена хорошо.

Грант намеревался показать Александре, что достиг такого этапа в жизни, когда деньги по-настоящему не имеют значения. Свой первый миллиард он заработает к концу года вне зависимости от того, успешна ли будет компания «Пирсон групп» или нет. Но, прочтя в глазах девушки подлинную благодарность, он понял, какими глупыми и тщеславными были его мотивы. Ему стало неловко. Однако Грант быстро заставил себя забыть о неудобном чувстве. Александре заплатят за работу, и весьма щедро. Если она справится, то у нее будет более чем достаточно клиентов, чтобы бизнес держался на плаву. И потом, это она бессердечная мастерица манипуляций — так он использует против нее ее же оружие. Разве он не заслужил право насладиться своей властью над ней?

— Это необязательно, — произнесла Александра.

— Да, — согласился Грант. — Но Джессика включила этот пункт в контракт.

Улыбка девушки резанула его по живому.

— Не знаю, как вас благодарить, мистер Сантос, — ответила она, вытаскивая телефон. — Сможете ли вы ответить мне на пару вопросов?

Когда Александра поинтересовалась именами гостей, Грант назвал несколько, с удовлетворением отмечая изумление в ее глазах. Разумеется, это были очень известные имена — и тугие кошельки.

— Не могу поверить, что вам удалось уговорить Теодора Крэйга прийти, — произнесла Александра. — Его любовь к уединению уже стала поводом для насмешек. Мы не раз были в Хэмптоне летом, но, полагаю, я видела его лишь однажды.

— Я работал у него после того, как ваш отец меня уволил.

Девушка побледнела.

— Ах вот как.

— Начинал обычным садовником, косил газон. В одно прекрасное утро он пригласил меня на чашку кофе. Узнал, что я учусь на финансиста, и мы разговорились.

Гранту было приятно вспомнить те дни: они стали началом его становления другим человеком. Расставшись с Александрой, он не только страдал от душевной боли, но и утратил веру в себя. Именно Теодор увидел в нем тогда интересного собеседника и человека, достойного уважения. Он посоветовал подать документы в Стэнфорд и, как Грант выяснил позже, оплатил его обучение. Теодор, будучи уже тогда богатейшим человеком, увидел в простом садовнике равного — в отличие от Дэвида, который его презирал, и Александры, которая использовала его для собственного развлечения.

Посмотрев на часы, Александра состроила гримаску.

— Простите, я отняла у вас двенадцать минут.

— У вас были хорошие вопросы.

— Спасибо. Я получила ваше приглашение на встречу с Джессикой завтра, чтобы посмотреть на библиотеку, где будет первый обед.

Александра чувствовала необыкновенный подъем, вдохновение, несмотря на то что по собственной воле не стала бы работать с бывшим любовником в одной команде. Сунув телефон в карман, она взяла свой бокал.

— Доброй ночи.

— Вы остаетесь?

Александра слегка покраснела, заметив, как Грант посмотрел на ее пустой бокал.

— Я никуда не еду, если вы об этом. Мой дом здесь, нужно только перейти двор.

Грант посмотрел на двойные стеклянные двери.

— Над книжным магазином?

— Там есть квартирка, где живут Финн и Аманда, а моя студия наверху.

Финн и Аманда очень выручили Александру, позволив ей жить в этой студии буквально за копейки, вкладывая все свои сбережения в бизнес. А ведь они могли сдать ее за куда бо́льшую сумму.

— Я провожу вас до квартиры, — решительно произнес Грант, вставая.

— Но она и впрямь буквально через дорогу.

— Все равно. Мы находимся в Нью-Йорке, двор темный, ваш брат сейчас занят, а вы выпили два бокала вина — может, и больше. — Грант сложил руки на груди. — Это не обсуждается.

Александра с трудом подавила желание состроить рожицу. Выходит, кое-что осталось неизменным, ведь и тогда, девять лет назад, Грант был неумолим, провожая ее домой, всегда пропуская вперед... эти мелочи согревали, давали ощущение заботы. Но с тех пор много воды утекло и сама Александра очень изменилась. Не раз ей приходилось снимать угол в совершенном захолустье, где от опасных соседей ее отделял лишь засов. Но разве сейчас Грант станет ее слушать? Нет, он будет спорить до победного, а у нее нет сил, чтобы ему противостоять.

— Ладно, спасибо, — произнесла она нехотя.

Она оставила бокал на кухне и помахала Аманде, которая все еще стояла у кассы. Бросив взгляд на Гранта, та приподняла бровь, но Александра улыбнулась ей и подняла два больших пальца, давая понять, что все в порядке. Наконец они с Грантом вышли в темный и тихий дворик. Стеклянные двери закрылись, и мгновенно умолкла музыка и разговоры. Дождь прекратился, оставив в воздухе что-то вроде водной взвеси, легкого тумана. Александра шла к дому, чувствуя за спиной шаги Гранта, и не могла сдержать нарастающего волнения — сердце забилось быстрее, участилось дыхание, по венам словно пробежал ток. Здесь, в тишине и тьме, как никогда прежде, они остались по-настоящему наедине.

Они уже были в середине двора, когда внезапно по небу прокатился гром, а за ним буквально упала стена дождя. Александра взвизгнула от неожиданности, моментально промокнув до нитки под ледяными струями. Грант схватил ее за руку, и они побежали по брусчатке под навес крошечного крылечка Финна и Аманды.

Стоя под крышей и вглядываясь в темноту, где бушевал ливень, Александра мельком скосила глаза на Гранта и расхохоталась, увидев, что его прежде безупречная прическа превратилась в мокрые, прилипшие ко лбу пряди.

— Что смешного? — прорычал он, чем вызвал новый приступ смеха.

— Прости, — простонала она, прислоняясь к кирпичной стене. — Просто... ты выглядел безукоризненно там, а сейчас...

— Похож на мокрого кота?

Губы Гранта слегка дрогнули, на них появилась тень улыбки — прежней улыбки, которая вскружила голову Александре когда-то давно. Увидев ее, она замерла, позабыв о своем веселье.

— Да, вроде того. — Она кивнула на дождь. — У Финна есть зонтик в прихожей, я принесу.

— Мне не нужен зонт.

— Мне вовсе не нужен был провожатый, но... уж как сложилось, — шутливо отозвалась Александра, вытаскивая ключ. — Минутку.

Выйдя обратно на крыльцо с зонтом в руках, Александра взглянула на Гранта и внезапно зарделась. Дождь внес изменения не только в его прическу. Мокрый свитер его прилип к груди, обрисовывая каждый мускул, каждый изгиб.

— Вот, — смущенно произнесла девушка, протягивая зонт и стараясь не смотреть на Гранта. Но тут рука его коснулась ее, и... словно язык пламени тронул ее пальцы. Александра даже вскрикнула от неожиданности, и звук этот, казалось, заметался по крошечному крыльцу, отражаясь от кирпичных стен. Вскинув голову, она встретила взгляд Гранта — он стоял неподвижно, словно каменное изваяние. Сама же она впервые за долгие годы ощущала, как в теле ее словно бушует пламя — таким живым, пугающим и одновременно волнующим было охватившее ее желание. Точно каждый нерв ее ожил и отозвался на присутствие того, кто некогда дарил ей самое сильное наслаждение в жизни. Грант поспешно отдернул руку, крепко сжав зонт в кулаке.

— Доброй ночи, мисс Волдсворт.

С этими словами он повернулся и, раскрыв зонт, направился через двор к магазину. Александра молча наблюдала, как он вошел в него, а потом отправилась к себе.

Лестница, ведущая на второй этаж, сегодня показалась ей крутой и неприступной — казалось, ступеньки стонали под каждым ее шагом. Даже сам вид милой квартирки со стенами, выкрашенными в бледно-желтый цвет, книжным шкафом у самого входа, откуда торчали пышные листья растений, сегодня совсем не порадовал Александру. Сняв мокрую рубашку, она бросила ее на плитку у стиральной машинки и принялась за обычные дела: полив цветов, гигиенические процедуры и проверку почты. И лишь гораздо позднее, устроившись в кровати с чашкой горячего чая, Александра позволила себе признать: сегодня она опозорилась в глазах Гранта, не только показав, что по-прежнему неравнодушна к нему, но и сделав это после того, как он протянул ей руку помощи, спас ее бизнес. В чашке плавали лепестки фиалки. Александра следила за ними взглядом до тех пор, пока они не утонули, а чай не остыл. Мысли упорно отказывались вернуться к проблеме, которая стояла перед ней. Наконец, сделав глоток, она начала свою внутреннюю исповедь. Итак, она по-прежнему находит Гранта привлекательным, и тело ее отвечает на его присутствие. А почему бы и нет, с вызовом подумала Александра. Он изменился и стал более зрелым, красивым, к тому же их в прошлом связывали близкие отношения. Нельзя сбрасывать со счетов и тот факт, что после Гранта у нее не было настоящих любовников, были редкие свидания, но дело не шло дальше поцелуев.

Медленно, осторожно Александра заглядывала в бездну своих ощущений и, прислушавшись к ним, облегченно вздохнула. Ее терзал стыд, сожаление о прошлом, ей было грустно и тягостно, а в пучине всего этого затесалась даже благодарность Гранту за его предложение. Но тот жар, что охватил ее при одном прикосновении его руки, не таил в себе ничего, кроме сексуального притяжения. За ним не стояла любовь. Да и как это могло быть возможно, когда Грант, представший перед ней сегодня, так разительно отличался от улыбчивого, обаятельного парня, в которого она влюбилась много лет назад?

Тут же в сознание вползла змеей другая навязчивая мысль: неужели он стал таким из-за нее? Отодвинув этот вывод подальше в глубь сознания, Александра выключила свет и легла. Дождь монотонно барабанил по крыше, и глаза ее начали закрываться. Она с радостью позволила сну овладеть собой, потому что думать о том, что Грант изменился из-за нее, было невыносимо.

Глава 5

Грант остановился у двери магазина «Колокольчик», всматриваясь в каждую деталь. Вчера вечером, когда его сюда привез водитель, он не смотрел по сторонам, потому что был занят работой, и отметил только, что в окнах нет света. Сейчас же он оценил по достоинству чудесные цветочные композиции в витрине, аккуратный логотип, красивую зеленую дверь, манящую покупателя войти... кстати, ручка двери выглядела так, точно ее только что начистили. Все это являло собой огромный контраст с магазинами на этой улице: большинство из них смотрели на прохожих пустыми, разбитыми витринами, двери их были оставлены открытыми, точно хозяева убегали куда-то в спешке, не думая о том, что оставляют позади. Сложно было представить, что всего в паре кварталов отсюда процветал фешенебельный район Гринвич-виллидж. Конечно, арендная плата в Нью-Йорке очень и очень высока, но неужели Александра может позволить себе только этот район? Мысли Гранта прервал звук сирены, за которым последовал чей-то крик. Он нахмурился: да, заключая контракт с Александрой, ему хотелось утереть ей нос и покрасоваться, но... все складывается совсем иначе, нежели он себе представлял.

Открыв дверь, Грант вошел в магазин. Стены были выкрашены в дымчато-серый цвет, отчего картины — изображения цветов — смотрелись особенно ярко. Небольшая лампа висела над маленьким белым столом, по бокам которого стояли два ярко-зеленых кресла. На столе был раскрыт альбом с фотографиями цветов, а у дальней стены красовались два больших холодильника со стеклянными дверцами, в которых стояли ведра с цветами и готовые цветочные композиции. Александра приложила максимум усилий, чтобы создать уют в этом крошечном местечке. Но ни свежая краска, ни картины не могли скрыть трещин в стенах, явных признаков плесени в углу и отвлечь покупателя от громкого шума, издаваемого холодильниками.

Александра сидела за столом спиной к двери, прижав к уху телефон и одновременно что-то прокручивая на экране мышкой. Густые волосы ее, заплетенные в косу, почти доставали до талии. На ней была очередная футболка и джинсы — наряд, совершенно не похожий на то, что она носила когда-то давно. И тем не менее плечи ее были откинуты назад — в осанке чувствовалась уверенность, которой не было прежде. В трубку телефона она гневно произнесла:

— Я так понимаю, вы решили заломить цену почти такую же, как в Гринвиче. — Невидимый собеседник что-то возразил, и она ответила: — Я знаю, что большинство просто не предоставили бы мне аренду, но... — Александра сжалась в комок и выкрикнула: — Но вы обещали, что почините проводку! Я не могу каждое утро приходить, ожидая, что холодильникам настал конец, а все мои цветы погибли.

Грант, невольно подслушавший разговор, ощутил, как его захлестнула волна негодования. В свое время ему пришлось повидать немало вот таких сомнительных арендодателей. Александра тем временем продолжала:

— Я не могу платить вам на тысячу долларов больше! — В голосе ее послышались нотки отчаяния. — Прошу вас, неужели ничего нельзя сделать? У меня намечается выгодный заказ, и я получу первую сумму уже в пятницу!

Умоляющие нотки в ее голосе заставили Гранта вспомнить ту ночь перед расставанием, когда они лежали на шелковистом пледе на пляже, освещенные лунным светом, после упоительных минут в объятиях друг друга. Александра тогда внезапно произнесла: «Давай убежим!» — а Грант лишь усмехнулся. Он спросил, куда она хочет уехать, и девушка ответила: куда угодно, лишь бы быть вместе. Поначалу Грант решил, что Александра дразнит его. Они тогда еще не говорили о том, что будет, когда закончится лето, но он знал, что в любом случае найдет возможность быть рядом с ней. А она повернулась к нему с лихорадочно горящими глазами и, гладя его по лицу, принялась предлагать уехать в Париж, на Карибские острова, в Южную Африку — куда угодно, лишь бы не оставаться в Америке. Она умоляла с отчаянием в голосе придумать план побега, чтобы быть вместе. Гранд, конечно, не мог не спросить, что случилось. Однако Александра лишь покачала головой, закусив губу, и сказала, что все это просто глупости — мол, надвигающийся конец лета заставляет ее грустить. Этот эпизод остался в памяти Гранта, но он неизменно приписывал его эксцентричности избалованной девчонки — учитывая то, что на следующий день Александра заявила ему в присутствии отца, что им следует расстаться.

От мыслей его отвлек голос девушки — она продолжала свой разговор по телефону.

— Послушайте, мне заплатят в пятницу. Пусть ко мне придет электрик, или я съеду. — В трубке послышались оживленные возражения, но Александра лишь отмахнулась. — Я могу съехать, потому что в контракте стоит, что вы обязаны устранять все поломки в течение двух недель с момента их обнаружения. Прошло уже восемнадцать дней. До меня вы не могли его сдать никому. Хотите потерять арендатора, исправно вносящего плату? Ваше право.

Александра закончила говорить и, произнеся пару бранных слов, повернулась к двери. Лицо ее побледнело при виде Гранта.

— Как долго ты тут стоишь?

— Достаточно долго для того, чтобы понять, что твой арендодатель негодяй.

— Да, верно, — усмехнулась девушка. — А еще он жадный.

Грант окинул взглядом потолок с мокрыми разводами, отстающий от пола линолеум у холодильников и снова посмотрел на Александру. Та стояла, скрестив на груди руки, на щеках ее играл румянец.

— Ничего не говори, я и так знаю, что место дрянь, — с вызовом произнесла она.

— Но почему нужно было снимать здесь?

Она пожала плечами, но было видно, что вопрос ее смутил.

— Здесь дешево, я могу себе это позволить.

— Ты говорила, что большинство арендодателей не предоставили бы тебе место.

Александра покраснела еще больше, отводя глаза.

— Да ты достаточно долго тут стоял.

— Так что означали эти слова?

Девушка вскинула голову и прищурилась.

— Когда это ты научился командовать?

— Ответь на вопрос, Александра.

Она фыркнула.

— Я хотела снять угол неподалеку от Финна и Аманды, но агентом оказалась девушка, отец которой пострадал от финансовых махинаций Дэвида. — Голос ее стал совсем тихим. — Ее отец покончил с собой, потеряв все свои сбережения.

— Это была не твоя вина, — возразил Грант, внутренне сжавшись. Но Александра снова усмехнулась, на сей раз горько, с явным сожалением.

— Разве? В какой-то степени и моя тоже. Ведь я знала, на что он способен, я слышала о его махинациях, у меня были кое-какие подозрения, но я ничего не делала, только брала у него деньги и покупала красивые наряды.

В голосе ее зазвучало презрение к самой себе, и Грант пристально посмотрел на нее, ища признаки фальши. Раньше он не раз обращал внимание Александры на то, как ее отец обращается с сотрудниками, да и с ней самой. Она все признавала, но о том, чтобы противостоять Дэвиду, не шло и речи.

Александра нахмурилась и покачала головой.

— А что здесь делаешь ты? Я думала, за мной приедет Джессика.

— У нее сегодня другие планы, поэтому отвезу тебя я.

Уловив в глазах девушки тень беспокойства, Грант внезапно ощутил удовлетворение. Вчера вечером, после беседы на крыльце, ему пришлось не раз напомнить себе, зачем он заключил контракт именно с Александрой. Поэтому решение сопроводить ее до места лично соответствовало его плану: пусть посмотрит, в каком мире сейчас живет он, а он сумеет напомнить ей при случае, что ее место отныне вовсе не здесь.

— Что-то не так? — спросил Грант, увидев замешательство во взгляде девушки.

— Нет, просто... сейчас захвачу свою сумку и запру дверь.

Она погасила свет в магазине, и Грант снова окинул помещение критическим взглядом. Напрасно он задавался вопросом о том, сумеет ли своим благосостоянием произвести впечатление на девушку, которая некогда проводила весенние каникулы в уединенном бунгало на личном острове на Мальдивах. Судя по тому, как низко она опустилась, совсем нетрудно будет показать ей, от чего она отказалась в свое время.

Глава 6

Вертолет плавно спускался к посадочной площадке, и Александра увидела дом, величественно парящий над синевой Атлантики. Архитектор проделал невероятную работу, сведя воедино роскошь и уют. Здание было бледно-серым с яркими белыми окнами и более темной крышей. Три этажа, бесчисленные балкончики и террасы, бассейн и частный пляж. Грант упомянул, что внутри дома двенадцать спален и все это на огромной, безукоризненно ухоженной территории. Александра отметила, что они не так далеко от бывшего дома ее отца — их разделяли несколько миль, — и едва подавила искушение взглянуть туда, где некогда жила она сама. Она ни разу не была там с тех пор, как они уехали, потому что невозможно было бы не вспоминать лето, проведенное с Грантом, самое счастливое в ее жизни.

Она быстро взглянула на своего спутника, ожидая встретить на себе его взгляд, но внимание

Гранта было приковано к планшету, а у уха он держал телефон. Александра снова позволила себе уйти в размышления с головой. Ей вспомнилась их первая встреча девять лет назад — тогда Грант выглядел совсем иначе. Только в порванных джинсовых шортах с белой футболкой он смотрелся великолепно и сумел обратить на себя ее внимание своей искренней и неподдельной улыбкой. А она... тогда она думала исключительно о своих чувствах, и ни разу не пришло ей в голову побеспокоиться о том, что ощущает Грант рядом с девушкой не из своего социального круга. Неужели ему было так же неловко, как ей сейчас, когда она повезла его кататься вдоль побережья в своем кабриолете? Когда пригласила на вечеринку, где были сплошь и рядом ее друзья из школы, одетые в дизайнерские вещи, обсуждающие экзотические страны и деликатесы — специально, чтобы пристыдить «садовника, что привела Александра».

Грант тем временем продолжал беседовать по телефону — по-видимому, он разговаривал со своим финансистом, — не подозревая о размышлениях своей спутницы. Как он стал похож на тех людей, что когда-то окружали ее, думала она. Нет, отчасти она очень им гордилась! Он достиг всего собственными усилиями, имея изначально совершенно другие условия, нежели те ее бывшие друзья. Он рассказывал ей, что вырос в перенаселенном городке Форталеза в Бразилии. Его поездки в экзотические страны отнюдь не были каникулами: он ездил работать вместе с отцом, они контролировали доставку строительного оборудования на большие стройки в Египте, Марокко и Японии.

Но даже несмотря на занятость, отец Гранта сумел найти достаточно свободного времени, чтобы показать эти страны сыну. Сам Грант как-то признался Александре: «Работа была трудной, но отец ее обожал. Думаю, он взял меня с собой, чтобы показать, чего можно добиться, работая на совесть. Ну и чтобы увезти от торговцев наркотиков». Он произнес это словно бы между делом — о том, как они с матерью спасались бегством из родной страны после того, как отца убили за то, что он отказал местному главарю банды наркоторговцев. Те требовали от него провезти наркотики контрабандой в Европу. Мать, потеряв мужа, не стала ждать и спешно увезла сына в Америку, прежде чем преступники добрались до них.

Отец Александры использовал этот факт биографии Гранта против своей дочери, узнав, что она, по выражению одного из ее одноклассников, «клеится к простому садовнику». «Не собираюсь я терять деньги, что даю тебе на образование, ведь если ты забеременеешь от этого авантюриста-негодяя, все мои усилия пойдут прахом», — холодно произнес он. Когда Александра воскликнула, что любит Гранта, а он — ее, Дэвид лишь рассмеялся ей в лицо. «Он любит только твои деньги, — пояснил он. — Ну и то, чем ты с ним занималась все лето. Но это ему может дать любая другая женщина». Потом, встав с кресла, Дэвид приблизился к дочери и с угрозой произнес: «Расстанься с ним завтра, или я сделаю так, что и он, и его мамаша отправятся в Бразилию через пару дней». — «Но его там убьют!» — воскликнула Александра. Дэвид с леденящей душу улыбкой произнес: «Я надеюсь».

Таким образом, у Александры оставался один выход, и она приняла решение расстаться с полюбившимся ей человеком, чтобы таким образом спасти его жизнь.

От размышлений ее отвлек Грант.

— Ты в порядке? — спросил он, и, подняв на него глаза, Александра поймала его пристальный взгляд. Она поспешно улыбнулась, хотя улыбка вышла натянутой.

— Да, конечно, просто задумалась.

По его сжатым губам и прищуренным глазам она поняла, что ложь ее разгадана, но Грант промолчал. Открыв дверцу приземлившегося вертолета, он выпрыгнул и протянул руку девушке. Она не стала отказываться от помощи, но, едва коснувшись его пальцев, внезапно дернулась, точно от удара током. Медленно Александра подняла глаза и встретилась взглядом с Грантом. Жар его обжег ее, и она даже затаила дыхание. Ей показалось, что глаза его сейчас похожи на расплавленный янтарь — неужели это гнев на нее сделал их такими? А может, за этим стоит что-то более сильное и опасное?

Александра не помнила, как вышла из вертолета на площадку. Грант все это время держал ее за руку и отпустил, только когда они ступили на траву. Повернувшись к пилоту, он как ни в чем не бывало начал что-то ему говорить. Она же стояла, устремив взгляд к океану. Грант решительным шагом направился к дому. Александре пришлось почти бежать, чтобы догнать его. Они пересекли подъездную аллею, выложенную брусчаткой, и взошли на ступени парадного входа. Зрелище поражало своей красотой: мощные колонны поддерживали крышу, повсюду стояли белые кресла-качалки, а под потолком неспешно крутились вентиляторы.

— Как красиво! — вырвалось у девушки.

Грант, окинув ее острым взглядом, лишь кивнул:
— Да.

Открыв дверь, он жестом пригласил Александру войти, и она переступила порог. У нее тут же буквально закружилась голова — такими парящими были потолки в холле. Темное дерево пола оттеняло белоснежную лестницу, ведущую на галерею, где виднелись книжные полки. Здесь царила не только роскошь, как в доме, куда на лето неизменно приезжала Александра, здесь было уютно. На стенах красовались фотографии Нью-Йорка, Хэмптона и Бразилии. К одной из них девушка подошла. На ней был запечатлен красный мост, еще более яркий на фоне голубого неба.

— Это же мост в Драган-ду-Мар? — спросила она. Ей был знаком этот культурный центр в городе Форталеза. Сначала за вопросом ее последовало молчание, а потом Грант осторожно ответил:

— Да. Это фото прислала мне кузина.

Быстро взглянув на него через плечо, Александра успела заметить, как в глазах его мелькнула тень тоски, и сердце ее заныло. Она никогда не испытывала чувство привязанности к дому, где бы ни жила. Даже дом в Хэмптоне, несмотря на свою богатую историю — он принадлежал не одному поколению ее рода, — потерял былую оригинальность, потому что Дэвид и его подружки переделывали его много раз. Каково было бы иметь такое родное гнездо, скучать по нему? А ведь у Гранта ситуация куда хуже: он знает, что не может вернуться домой, не рискуя при этом собственной жизнью.

— Выглядит чудесно, — произнесла Александра.

— Да, так и есть. — Тень улыбки мелькнула на губах Гранта. — Отец водил меня в планетарий в этом центре, когда он впервые открылся. Впечатления были потрясающими, я никогда не видел ничего похожего.

Не дав Александре продолжить беседу, он зашагал по холлу.

— У нас полчаса, а затем нужно вылетать обратно.

В голосе его снова зазвучала холодность и отстраненность. Они обошли дом. Александра делала фотографии комнат: утренняя столовая, столовая для важных обедов и ужинов, библиотека, пляжная веранда, веранда у бассейна. Она задавала вопросы, делала записи и показывала Гранту свои наброски. Его ответы были краткими и по существу. Ни в одном из них не угадывались следы того внезапного порыва, что Александре почудился на вертолетной площадке. Что руководило им в тот момент — гнев ли или страсть — прошло. Быть может, его просто вывела из себя ее реакция на прикосновение его руки.

Они поднялись наверх.

— Прибудут пять семейных пар, одна из них со взрослой дочерью, а другая — с детьми-подростками. Лора Джонс и еще пара руководителей также будут появляться в течение недели, — говорил Грант, пока они шли мимо гостевых комнат. — Персонал службы питания — их четверо — разместится в доме для гостей.

Александра заглядывала поочередно в каждую из комнат — давно она не видела такой роскоши. Все они были декорированы индивидуально, в каждой преобладала своя цветовая тема: оттенки варьировались от бледно-голубого до нежного лавандового. Здесь уютно, светло, в каждом номере балкон и ванная, где мраморными были даже краны. Как легко будет украсить эти помещения, подумала девушка, каждое утро можно будет менять мелкие детали в композициях и букетах, и гостей после завтрака будут встречать каждый раз другие цветы — разумеется, подобранные в цвет каждой комнаты.

— Какие красивые комнаты, — произнесла она.

— Еще бы, ремонт каждой обошелся в четверть миллиона долларов, не считая ванных, мебели и балконов, — произнес Грант, и в голосе его Александре почудилось легкое самодовольство.

Она бросила на него проницательный взгляд. Снова ее начал мучить вопрос: зачем Грант решил обратиться за цветами именно к ней? Конечно, она сэкономила ему несколько тысяч долларов, но разве это критично для того, в чьем распоряжении миллионы? И сейчас, когда Грант повел ее показать дом, а по пути отметил несколько фактов относительно внутреннего убранства, включая итальянский мрамор в ванных, и вот теперь стоимость отделки комнат, в ушах ее зазвучал мерзкий голосок, что нашептывал: вероятно, Грант нанял тебя не случайно, а для того, чтобы похвастаться своим успехом. Александра отогнала эту мысль. Ей очень не хотелось допускать, что, несмотря на видимую неприязнь к ней, Грант нанял ее, чтобы причинить боль.

— Ты многого достиг, — произнесла она.
— Да.
— Тебе этого достаточно? — вырвалось у нее прежде, чем она смогла себя одернуть.

Грант непонимающе посмотрел на нее и нахмурился.

— Чего достаточно?

Александра обвела рукой все, что их окружало.

— Всего этого. «Пирсон групп».

— Конечно. Я достиг всех моих целей, разве что не заработал пока первый миллиард.

— Отлично, — произнесла она ровно, не понимая, что ее гложет. Казалось бы, стоит порадоваться за человека, но отчего-то его слова показались ей незначительными. Грант почувствовал ее настроение и прищурился.

— Ты чего-то недоговариваешь.
— Это меня не касается.
— Говори, как есть, Александра.

И она решилась.

— Все это... не похоже на тебя.

Лицо Гранта так исказилось, что девушка отшатнулась — казалось, над ней нависла опасность, явственно исходящая от него.

— Что не похоже на меня? — тихо переспросил он, и голос его, бархатистый и едва слышный, был куда более страшен, нежели если бы Грант кричал. — Успешность? Благосостояние? Тебя удивляет то, что люди хотят сотрудничать с тем, кто начинал свой путь простым садовником?

У Александры защемило сердце. Ей вспомнилось, что прежний Грант неизменно гордился своим происхождением и родом деятельности, не заботясь о том, что скажут другие. Главное, считал он, работать на совесть. Когда его начало волновать чужое мнение?

— Нет, я имела в виду другое. Я помню, как ты организовывал программы получения стипендии для студентов-иммигрантов — вот это было в твоем стиле.

— Я вложил миллионы в благотворительность.

— Прекрасно. — Александра приложила руку ко лбу, ощущая, как в висках начинает пульсировать боль. — Ты просто... изменился. Словно теперь для тебя важны другие вещи.

— Так и есть, Александра. Ты, как никто другой, должна знать, отчего это произошло.

С этими словами Грант повернулся и пошел. Александра смотрела ему вслед, и ей все больше было жаль его. Все его победы казались ей пустыми, а вот потери — огромными. Потеряв дом и отца, он теперь смотрел на свое прошлое как на постыдную слабость.

— Твоя комната будет тут рядом, в другом гостевом крыле, где будут жить сотрудники «Пирсон групп», — внезапно произнес Грант, заставив ее очнуться от раздумий.

— Моя комната? — непонимающе переспросила Александра, качая головой, точно желая проверить, не ослышалась ли она.

Грант повернулся. Между бровей его залегла складка.

— Твоя комната. Что-то не так?

— Я просто... думала...

— Что будешь каждый день приезжать из Нью-Йорка?

— Нет. Но я могла бы снять комнату в отеле.

— Все мои сотрудники будут жить в доме.

— Но я не вхожу в число постоянных сотрудников твоей компании.

Александра и сама не понимала, отчего так испугалась. Ей вовсе не хотелось тратить лишние деньги на отель, но, с другой стороны, лучше так, нежели оставаться в непосредственной близости от того места, где Грант спит, принимает душ, переодевается...

— Это не обсуждается, — отрезал он.

Александра вздохнула — что ж, придется смириться.

— Ладно, — бросила она, пытаясь улыбнуться, но улыбка ее вышла, скорее, похожей на оскал, — спасибо.

В этот момент ей почудилось, что в глазах Гранта мелькнул триумф, и снова появилось противное чувство того, что ею вертят, преследуя какие-то неясные ей цели. Конечно, Грант был не таким, как отец, но Александра не любила подчиняться чужой воле, чувствовать себя беспомощной игрушкой в руках других.

Пройдя мимо последней комнаты на пути назад, она остановилась, позабыв обо всех проблемах. Зрелище перед ней открылось поистине уникальное.

— О! — только и сумела выдохнуть Александра.

Все комнаты, которые до сих пор они прошли, были милыми, уютными, но эта была величественной, поразительной, и чувствовалось, что к отделке и декору приложил руку мужчина. Стены выкрашены в светло-серый цвет, за исключением той, у которой стояла кровать. Она была выполнена из темного дерева. Над кроватью висел современный черный светильник, а сама она являла собой грандиозное зрелище: огромная, накрытая сизым покрывалом, с шестью подушками, выстроенными в рядок. Но внимание Александры привлекли фотографии над изголовьем кровати — яркие, завораживающие взгляд. Она не сумела подавить порыв войти в комнату, чтобы получше их рассмотреть. На одной был изображен мужчина, на голове которого красовался оранжевый убор с перьями. Красная краска покрывала его лицо, отчего глаза казались особенно пронзительными. На другой кружилась в танце женщина в голубом платье с гигантским серебристым бантом на груди и таким же голубым головным убором с белой бахромой. Третий снимок запечатлел мужчину в зеленом костюме с маской, изображающей птицу, — клюв, украшенный блестящими камнями, нависал над подбородком, и ярко-зеленые перья торчали в разные стороны. Он протягивал в сторону фотографа зеленый скипетр.

— Грант, они... они прекрасны! — воскликнула Александра.

Она подошла еще ближе, вглядываясь в каждую деталь. В мозгу ее моментально закрутились образы композиций, которые можно было бы поставить сюда, чтобы подчеркнуть красоту комнаты.

— Сюда не нужны цветы, — произнес Грант, останавливая ее поток мыслей.

Александра повернулась, не стараясь скрыть разочарования.

— Почему?
— Это моя комната.

Александра почувствовала себя дурочкой — ну конечно, как она могла не догадаться! Ведь все комнаты, хоть и были красивыми, казались немного безликими: они были лишены тех особенных черт, что придают жилью хозяева своим выбором деталей. Она снова взглянула на фотографию, где кружилась в танце женщина, такая беззаботная и счастливая.

— Я буду рада украсить цветами и эту комнату. Вообще, я бы очень хотела это сделать. — Александра указала на фото. — Они будут...

— Нет, — прозвучал резкий ответ, и столько холодного негодования было в нем, что девушка повернулась, чтобы взглянуть на Гранта.

— Почему?

— Я твой начальник, не твой друг. Не любовник. Я не должен объяснять почему.

Да, подумала она, он прав, хоть и больно слышать это.

— Да, мистер Сантос, вам не нужно объяснять. — Взглянув на свой планшет, она сделала пометку. — Сюда цветов не нужно.

Воцарилось гнетущее молчание. Сунув планшет в сумку, Александра устремилась к двери, опустив глаза. Она была смущена, но вместе с тем и опечалена и, погрузившись в раздумья, совершенно не заметила, что Грант стоит в дверном проеме. Наткнувшись на него, она сделала шаг назад. Он протянул руку, чтобы поддержать ее, но этот жест лишь заставил ее снова отшатнуться и, в конечном счете, снова потерять равновесие. Случайно упершись руками в грудь Гранта, Александра вдруг поняла, что рука его лежит на ее талии. На миг она замерла, а потом выдохнула:

— Прости, я не смотрела, куда иду.
— Я заметил, — ответил Грант.

Отстраняясь, Александра подняла голову, заставляя себя встретиться глазами с Грантом, но в результате взгляд ее притянули его губы, что были так близко... Что, если поцеловать его сейчас? Он будет отвечать ей, как когда-то давно?

Она вздрогнула и сделала шаг назад, наконец посмотрев в глаза Гранта.

— Вам следует смотреть под ноги, мисс Волдсворт.

Услышав свою старую фамилию, Александра сжалась от боли. Отныне их отношения сугубо деловые, и все поцелуи, мечты, минуты наедине — все это осталось в прошлом.

— Я это учту, мистер Сантос, — ответила она, стряхивая руку Гранта с плеча. — Простите, мне нужно сделать еще несколько фотографий.

Грант ответил ей пристальным взглядом, но Александра и не подумала опускать глаза. Он хочет показать ей ее место? Отлично, но это не помешает ей выполнить работу для «Пирсон групп», и выполнить ее хорошо, чтобы показать Гранту и всем его гостям, на что она способна.

Он отошел в сторону, и Александра направилась в холл, думая о том, что обратный полет в Нью-Йорк будет не из легких. Но зато потом у нее не будет нужды видеться с Грантом до самого бранча в Нью-Йоркской публичной библиотеке в понедельник. Потом она неделю пробудет здесь, а еще через неделю будет гала-прием в Метрополитене. Такой плотный график не оставит ей шансов на отвлеченные мысли о том, кого она некогда любила.

Глава 7

Выйдя из Метрополитен-музея, Александра взглянула на часы. Обзор предстоящего места приема затянулся на два часа, но он того стоил. На сей раз ее сопровождали Лора Джонс и Джессика. Обе подробно отвечали на все вопросы, в отличие от Гранта. Лора понравилась Александре сразу же своей дружелюбностью и умением расположить к себе. Но, идя по музею, Александра поняла и то, что Джессика вовсе не такая холодная и отстраненная, как ей поначалу показалось. За этой маской прятался острый ум и отменное чувство юмора. Кроме того, Джессика умела слышать и запоминать очень ценную информацию — так, ее комментарии относительно возможных будущих клиентов компании, а еще о том, какой имидж имеет «Пирсон групп» в глазах окружающих, были бесценны.

Джессика рассказала Александре о главной теме пересудов — о том, что Грант не из состоятельной семьи. Это вызвало у нее бурю негодования: после всего, что он достиг собственным трудом, включая диплом Стэнфорда, опыт работы в крупной и уважаемой финансовой компании, люди по-прежнему относились к нему так, как когда-то Дэвид Волдсворт. К счастью, этот праведный гнев породил идею для завтрака в Нью-Йоркской публичной библиотеке. Александра по-прежнему полагала, что розы и лофант станут главным украшением, но для стола, где будет сидеть Джессика, ей захотелось придумать что-то более впечатляющее. Что-то роскошное, но вместе с тем не дающее повода усомниться в профессионализме сотрудников компании. Пусть видят, что Грант уделяет внимание самым мелким деталям, что их деньги в надежных руках и обогатят их же самих еще больше. А еще пусть знают, что такой стиль жизни Грантом избран вне зависимости от того, станут они клиентами «Пирсон групп» или нет. Возможно, ее старания и не будут решающим штрихом для принятия решения инвестировать вместе с этой компанией, но, по крайней мере, она сделает все, что в ее силах, это лучше, чем ничего.

Была пятница, и часы показывали шесть вечера. Первое мероприятие должно было состояться уже в понедельник, а поэтому у Александры почти не оставалось времени для маневров. Такси она позволить себе не могла, поэтому добралась к своему магазину лишь через час с лишним. Открыв дверь, она вошла и включила ноутбук, а пока он загружался, обозрела содержимое небольшого шкафчика, где хранились вазы для различных случаев.

У двери звякнул звонок. Александра повернулась, но улыбка ее, адресованная новому посетителю, тут же померкла, когда она различила спутанные волосы, порванную одежду и трясущиеся руки того, кто стоял в двери.

— Вы в порядке?

Парень сунул руку в карман и вытащил нож.

— Деньги! — проскрипел он.

— Да, конечно, у меня есть наличные в кассе.

Подняв руки, чтобы грабитель видел, что она не пытается вытащить телефон или собственное оружие, Александра медленно пошла к кассе, не сводя глаз с грязного ножа, зажатого в руке негодяя. Встав за стойку, она нащупала ключ в скважине ящика, повернула его, и касса открылась. Она осмелилась опустить глаза, чтобы вытащить деньги.

— Вот.

Она положила купюры на стойку. Вор метнулся к ним, не выпуская ножа, и начал считать, одной рукой разбросав деньги по стойке. Александра едва дышала от страха. Преступник посмотрел на нее, прищурившись в ярости.

— Мне нужно больше.

— У меня больше ничего нет. В основном покупатели платят онлайн.

— Тогда ноутбук.

Александра замешкалась. Конечно, она понимала, что должна отдать компьютер: он не стоил ее жизни. Но... там была вся жизнь «Колокольчика», начиная с сайта и социальных сетей до клиентской базы и записей о каждой проделанной работе. Финн не раз говорил сестре сделать копию, но так и не удосужилась.

— Может быть, я могу отдать вам что-то еще? У меня...

— Компьютер! — хрипло каркнул вор.

Прежде чем Александра успела что-либо сделать, он занес руку над головой и резко взмахнул ею.

Грант попросил водителя лимузина высадить его в конце квартала, перекинул через руку плащ, оставленный Александрой в Метрополитен-музее, и направился к «Колокольчику». Ему хотелось удивить девушку своим появлением. Мелочь, но... неужели хотя бы что-то не может пойти по его сценарию? Вчера все получилось совсем не так, как он себе представлял. Во-первых, не удалось похвастаться своими достижениями — почему-то под взглядом Александры все они казались какими-то пустыми, — а во-вторых, поцелуй, который вот-вот готов был состояться, не вышел — и именно она первая отстранилась, в то время как он едва сумел сдержать порыв подхватить ее на руки и уложить в постель. Ему внезапно захотелось вспомнить все то, чего ему не хватало все эти девять лет... Ямочку у основания ее шеи, которую он любил целовать, — Александра всегда вздыхала при этом. Россыпь веснушек по ее плечам от долгого нахождения на солнце. Ее смех, переходящий в стон, когда он проводил губами по ее бедрам... Грант одернул себя, но мысли его снова и снова возвращались к ней. Ему вспомнилось то, как Александра отреагировала на фотографии в его комнате, изображающие карнавал, — это одновременно удивило и огорчило его. Те женщины, которых он приводил в этот дом прежде, не придавали изображениям никакого значения — их фокусом внимания были красивые пейзажи, бассейн, икра и шампанское, подаваемые на балкон. Их интересовали его деньги, его репутация, его связи. И то, что Александра обратила внимание именно на эти фотографии, которые для самого Гранта значили едва ли не больше, чем все, вместе взятое, в доме, растревожило его. На пару минут он словно вновь перенесся в прошлое, к той, которая по-настоящему понимала его и любила. Но это было вчера. Сегодня же, при свете дня, Грант снова вернул способность рассуждать здраво. Когда-то он доверил Александре слишком много из того, что было для него ценно. Разумеется, она это запомнила и сейчас использует в своих целях, чтобы вновь приблизиться к нему.

Следующая неделя станет очень важной для его будущего. А он, вместо того чтобы готовиться к ней, утопает в мыслях о прошлом и о том, что могло бы пойти иначе. Пора это исправить. То, какими будут его отношения с Александрой, решает только он. Грант хотел лишний раз напомнить это ей, потому и явился в Метрополитен-музей. Однако Александру он не застал, и, когда Джессика передала ему ее плащ, Грант решил, что это прекрасный повод, чтобы увидеть девушку до понедельника.

Подходя к «Колокольчику», Грант окинул взглядом мрачную улицу — зрелище было не из приятных. Несколько фонарей с разбитыми светильниками, пустые витрины магазинов, потрескавшаяся краска на стенах — все это напомнило ему заброшенные районы города Форталеза. Однако, даже несмотря на проблемы, на родине ему было всегда хорошо. Сколько раз он проводил лето на пляже — взбирался на красные скалы, окаймляющие океан, с отцом, наслаждался десертом из папайи под пальмой в компании матери! Постепенно отец поднимался все выше по карьерной лестнице и несколько раз, контролируя доставку строительных материалов, брал Гранта с собой за границу. Ему всегда нравилось путешествовать, но ничто не могло сравниться с возвращением домой.

На миг Гранта захлестнула ностальгия. Прошло уже больше двадцати лет с тех пор, как отец отказал синдикату по торговле наркотиков в перевозке кокаина в Бельгию. За это он получил пулю и обещание, что следующими станут его сын и жена. Мать Гранта ухитрилась увезти двенадцатилетнего сына под покровом ночи, и меньше чем через неделю они прибыли в Нью-Йорк, чтобы начать новую жизнь. Сейчас Джордана Сантос жила в паре часов езды от сына на севере города в роскошном викторианском особняке с садом, где любила пить чай и устраивать еженедельные собрания клуба книголюбов. Она заслужила все это, и Грант постоянно порывался дать ей больше — больше путешествий, больше одежды, больше гаджетов, — но мать неизменно отклоняла его предложения с мягкой улыбкой, повторяя, что для нее единственное, что имеет значение, — это видеть сына счастливым. В последнее время в словах ее чувствовался немой вопрос, словно Джордана чувствовала, что успехи Гранта не дают ему истинной радости от жизни.

Но и она не до конца открывала сыну душу. Грант знал, что он действительно является самым дорогим, что у нее есть. Но еще он знал, что мать хочет вернуться в Бразилию к своим родным и друзьям. У него была для нее хорошая новость: главарь банды, по вине которого погиб отец, был убит. Синдикат по торговле наркотиками был захвачен другой, более мощной группой и переехал в другое место. Только одного Грант рассказывать матери не собирался: что все это произошло благодаря его постоянным вмешательствам. Прежде чем ехать на родину с матерью, он собирался съездить один, чтобы убедиться, что это безопасно. Он не мог рисковать, ведь мать была единственным близким человеком, что у него остался. Слишком много он потерял дорогих людей: сначала отца, затем

Александру — по крайней мере, ту, какую он знал тогда.

Странным образом гибель главаря банды, хоть и была его победой, не принесла явной радости. Да, отныне на улицах было на одного преступника меньше. Но это не могло вернуть к жизни отца. А еще Грант потерял цель в жизни, не зная, к чему ему теперь идти. Тогда он и решил основать собственную инвестиционную компанию и заработать первый миллиард, но и это было почти сделано. Александра вчера попала своим вопросом прямо в точку. Откуда она знала, что чем сильнее он старался, чем ближе подбирался к своим ориентирам, тем бессмысленнее казалась ему жизнь? Словно эта гонка за успешностью заменяла ему что-то, что он не получит никогда.

Внезапно от мыслей его отвлекла тень, метнувшаяся от «Колокольчика». Хлопнула дверь, и стекло витрины дождем осколков осыпалось на тротуар. Выбежавший из магазина человек бросил взгляд внутрь, явно собираясь сбежать. В руке его было что-то плоское. Грант отреагировал мгновенно, бросившись на воришку и блокируя ему дорогу. Тот выронил вещь, что держал в руках. Грант прижал его к стене.

— Отпусти меня, парень! — выкрикнул тот.

Грант уловил странный резкий запах — слишком знакомый ему и вызывающий неприятные воспоминания. Именно этот запах становился спутником тех взрослеющих мальчиков в Форталезе, кто начинал работать на торговцев наркотиками.

— Что ты делал в магазине?

Вор поднял голову. Запавшие, налитые кровью глаза его уставились на Гранта. Он был так худ, что можно было рассмотреть очертания костей. Негодяй улыбнулся, обнажая желтые неровные зубы.

— Покупал цветы.

Грант посмотрел на вещь, что выпала у него из рук, и похолодел, узнав ноутбук Александры.

— Где ты взял этот компьютер?

Угроза в его голосе заставила неудачливого грабителя вжаться в стену.

— Послушай, парень, мне не нужны проблемы...

В беседу их вплелось завывание сирены. Грант повернул голову и увидел полицейскую машину, остановившуюся у магазина. Из нее вышли двое.

— Офицер! — крикнул он.

Полицейские — мужчина и женщина — обозрели сцену, женщина сказала напарнику:

— Иди помоги ему.

Сама она вошла в магазин. Гранту стоило больших усилий не бросить извивающегося воришку навстречу полицейскому и не кинуться следом в «Колокольчик». Как только на руках негодяя закрылись наручники, Грант поднял с тротуара ноутбук и поспешил к двери, краем глаза отмечая, что рядом остановилась машина скорой помощи. «Нет!» — пронеслось в его мозгу. Ему вспомнилось, как точно так же в прошлом он услышал вой сирен, увидел машину скорой помощи и застал дома мать, держащую на руках отца. Помощь подоспела слишком поздно, и уже ничего нельзя было сделать. Только не это!

Грант ворвался в магазин, чувствуя, что грудь словно сдавили обручем — он едва мог вздохнуть. Воображению его рисовались ужасные картины... однако Александра сидела возле кассы, морщась, пока офицер полиции прикладывала смоченный водой платок к значительному порезу на голове. В ушах его зашумело, невозможно сказать, от ярости или страха, нахлынувшего задним числом. Да ее могли убить!

— Грант? — Александра подняла голову, но тут же поморщилась. — То есть, простите, мистер Сантос, что вы здесь делаете?

— На тебя только что напали и ограбили, Александра. Какой, к черту, мистер?

Она состроила рожицу, закатив глаза, и Грант немного расслабился.

— Ладно. Грант, что ты здесь делаешь?

— Ты забыла пальто в Метрополитен-музее.

Внимательно взглянув на него, Александра радостно воскликнула:

— Ты принес мой компьютер!

Она попыталась было встать, но офицер положила руку на ее плечо.

— Мэм, вам следует сначала показаться врачу.

— Но я в полном порядке, — возразила девушка. — Правда, негодяй ударил меня по голове, но все хорошо.

— Ничего хорошего! — прорычал Грант, и обе присутствующие женщины посмотрели на него с изумлением.

— Конечно, в том, что пострадала моя голова, ничего хорошего, но она почти не болит. Я буду в полном...

— Ты едешь в больницу! — перебил Грант.

Девушка-полицейский нахмурилась.

— Мэм, я с ним согласна, несмотря на то что мне не нравится его тон. С травмой головы не шутят. Как только адреналин схлынет, боль может усилиться.

Александра встретилась глазами с Грантом и вздохнула.

— Ладно.

Было уже после полуночи, когда лимузин Гранта остановился у книжного магазина. Бросив взгляд на Александру, свернувшуюся клубочком на сиденье, полусонную и бледную, он принял мгновенное решение.

— Ральф, можешь ехать домой. Я отведу мисс Мосс в ее квартиру и останусь с ней.

Водитель невозмутимо ответил:

— Да, сэр.

— Ты не останешься на ночь, — возразила Александра, потянувшись к пряжке ремня. — Я в полном порядке.

— Ты выглядишь как зомби, — ответил ей Грант, выходя из машины.

Он обошел автомобиль, открыл дверь со стороны Александры и взял ее на руки. От неожиданности она ойкнула:

— Что ты делаешь?

— Несу тебя.

— Я могу и сама дойти, вообще-то. Меня ударили по голове, а ноги не пострадали.

— А еще тебе дали сильные болеутоляющие препараты после того, что с тобой произошло. И твой брат с невестой уехали из города, ты сама говорила, что тебе некому позвонить.

Когда Александра сказала это в больнице на вопрос врача о том, кому из близких можно позвонить, у Гранта отлегло от сердца. Он понимал, что это по меньшей мере странно, ведь они расстались уже давно, и между ними нет никаких отношений — следовательно, личная жизнь бывшей подруги не должна его волновать. Но отчего-то при мысли о том, что у нее может быть парень, что-то холодное и неприятное шевелилось внутри.

— Или я несу тебя, или ты уволена, — привел веский аргумент Грант.

Девушка фыркнула, но ничего не сказала. Пока они шли по маленькой улочке к книжному магазину, голова ее опустилась ему на плечо. Грант крепче прижал к себе свою ношу. Вскоре осознание того, что происходит, пришло к нему в полной мере: спустя столько лет он снова держит Александру в своих объятиях и голова ее лежит на его груди, как бывало раньше после занятий любовью. Эта девушка не была его первой партнершей и не стала последней. И до нее, и после у него были подружки, и с ними было хорошо, но ни одна не дарила ему такого ощущения близости и привязанности, как Александра. Для нее он был первым любовником, и это почему-то будило в нем потребность заботиться о ней, защищать, чего опять-таки нельзя было сказать о других его отношениях. Когда-то эта его забота восхищала Александру, но те времена, похоже, прошли. По крайней мере, сегодня она готова была справиться своими силами: дала отпор грабителю, набрала номер службы спасения, терпеливо ждала появления полиции, вместо того чтобы разрыдаться и броситься искать утешения в объятиях Гранта, как это было раньше. Она вообще предпочитала раньше молчать, улыбаться и кивать, даже если что-то было ей не по душе, лишь бы не привлекать внимания. Но то была Александра Волдсворт, теперь же перед ним была Александра Мосс, и она была совсем другая. Она даже поспорила с Грантом, когда тот попытался заплатить за МРТ и КТ, на которых сам же и настоял, чтобы убедиться, что налет грабителя не заставил Александру серьезно пострадать. Медсестра, что присутствовала при сцене, только крутила головой туда-сюда, точно наблюдая за чрезвычайно захватывающим теннисным поединком. Конечно, Грант настоял на своем и оплатил медицинские услуги, но он не ожидал, что ему придется так долго спорить с девушкой, чтобы это сделать.

Поначалу он был рад узнать, что, кроме большого синяка на лбу, Александра не заработала никаких других проблем. Потом в нем заговорило раздражение: уже долгое время ничто так не выводило его из себя и не заставляло испытывать такой ужас. В последний раз это было в первый год жизни в Нью-Йорке, когда они с матерью жили в отвратительной съемной квартире на окраине и каждый стук в дверь заставлял его брать в руки биту. Хуже всего было то, что этот страх, паника при мысли о том, что с Александрой произошло что-то плохое, сменился другим, от которого было куда сложнее избавиться: Грант боялся, что чувства его к девушке не угасли. Ведь как иначе объяснить тот факт, что он восхищается ее силой духа, беспокоится о ее состоянии?

Они вошли во дворик перед домом, где жила Александра, и Грант решил отбросить все свои мысли. У него будет время вернуться к ним, а сейчас главное — донести девушку до кровати, чтобы она могла отдохнуть.

— Мой ключ... — произнесла она, подняв голову.

— Где он?

Пошарив в кармане, Александра достала серебристый ключ на цепочке. Грант наклонился, чтобы она вставила его в скважину и повернула ручку. Потом, войдя, он ногой захлопнул дверь и пошел по лестнице вверх.

— Ты можешь меня отпустить, — запротестовала Александра, но речь ее казалась какой-то смазанной — вероятно, лекарства вместе со снотворным возымели действие.

— Да ты упадешь с лестницы.

— Нет, — пробормотала она, снова роняя голову на его плечо.

Грант проклинал себя за то, что в такой момент, после всего, что довелось испытать Александре, он мог допустить мысль о близости с ней, но сигналы его тела были совершенно недвусмысленными.

Дверь в ее квартиру оказалась не заперта — весьма кстати, потому что, судя по ровному дыханию и тому, как обмякло тело девушки на его руках, она заснула. Грант вошел. В глаза ему бросилось то, какой потертой, старой была мебель в квартире. Но вместе с тем в интерьере присутствовали маленькие детали, придающие домашний уют: цветы на подоконнике, удобное круглое кресло рядом с полками, где рядами выстроились отнюдь не новые книги. Не эксклюзивные издания в новеньких переплетах, которые стояли на дорогих полках из красного дерева в библиотеке Дэвида Волдсворта, а настоящие книги с потрескавшимися корешками и потертыми страницами. Эти книги были любимыми и читаемыми. Все это было неожиданно: та Александра, которую представлял себе Грант на протяжении последних лет, не могла бы жить в такой обстановке. По его мнению, она должна была найти любой способ вернуть в свою жизнь прежнюю роскошь, будь то остатки прежнего наследства или новый кавалер с деньгами, способный выполнять ее прихоти. Никогда он и подумать не мог, что Александра будет жить в квартире, подобной этой, и тем более что она попытается придать ей уют. Снова его начал мучить вопрос, не дающий покоя с тех пор, как прежняя подруга появилась в его жизни: что она за человек? Каждый раз, когда Грант начинал думать, что понял все про эту девушку, она удивляла его.

Подойдя к кровати, он осторожно опустил свою ношу. Матрас слегка прогнулся, показывая свой возраст. Александра вздрогнула, словно от холода, и Грант нахмурился, бросив взгляд на радиатор, настроенный на минимум. Этого явно было мало для холодной весны, и он догадывался, почему был выбран такой режим. Слишком много в его жизни было зим, когда мать поддерживала минимально допустимую температуру дома, и жарких дней, когда вместо кондиционера использовались открытые окна — все это экономило деньги. Взяв плед, он накрыл спящую девушку.

Грант встал. Словно почувствовав его движение, Александра перевернулась на бок и прошептала во сне его имя. Чтобы уберечь себя от соблазна прилечь рядом с ней, он направился к креслу у книжных полок. Придется провести ночь в нем. Но сидеть спокойно было выше его сил, и спустя десять минут Грант понял, что сам себя изводит. Он настоял на том, чтобы сопроводить Александру до дома, он донес ее до квартиры, взяв на себя роль героя-защитника. Однако эту девушку уже не нужно было защищать — она повзрослела, став независимой и целеустремленной. А может, она и была такой, подумал Грант, откинув голову на спинку кресла. В ту ночь, произнося роковые слова о том, что им следует расстаться, она, казалось, вполне владела собой. Может, под ее красотой и очарованием всегда скрывался железный характер, а он был без ума от нее тем летом, и страсть вскружила ему голову, не дав разобраться в том, кем же была Александра на самом деле?

Вопросы — этот и другие подобные ему — не давали Гранту покоя до тех пор, пока сон окончательно его не сморил. Последним, что он видел, была Александра, свернувшаяся на кровати, со спокойным, умиротворенным во сне лицом и улыбкой, блуждающей на губах.

Глава 8

Поставив последний букет в холодильник, Александра критически обозрела белые орхидеи в обрамлении красных роз. Завтра гости Гранта увидят эти цветы в своих комнатах, а вечером будет фуршет и ужин на веранде, то есть работы ее ждет непочатый край, но ей не терпелось начать. В суматохе некогда будет думать о том, что произошло за последние дни. В субботу утром Александра проснулась с гудящей от боли головой. На тумбочке она обнаружила болеутоляющее лекарство и стакан с водой. Грант исчез, и сложно было догадаться, что он был ночью в ее квартире. О нем напоминал лишь слабый аромат, в котором переплелись нотки кедра и янтарной смолы, он преследовал Александру даже в душе. Ей было неловко, когда она вспоминала, как отключилась после поездки в больницу, и в памяти вспыхивали яркие картинки: вот Грант несет ее по лестнице на руках, вот укладывает на кровать.

Она с трудом заставила себя прийти в магазин днем и даже выполнила несколько мелких заказов — букеты к свиданиям, выпускным, юбилеям, — а потом снова принялась за приготовления к понедельнику. Воскресенье тоже выдалось суматошным. Нужно было закончить все перед грядущей неделей и опубликовать две новые вакансии на полставке — теперь Александра могла себе позволить оплату труда сотрудников. Ей бы очень хотелось вернуть Сильвию, прежнюю помощницу, но та уже нашла себе работу. Оптовый продавец, что снабжал «Колокольчик» цветами каждые две недели, дал Александре контакты компании в Южном Хэмптоне, которая готова была заняться поставками в особняк Гранта в течение недели приемов. Нужно было запомнить множество мелочей. Казалось, информации за эту неделю поступило больше, чем за все шесть месяцев существования магазина. Однако все это того стоило.

Встретившая Александру женщина провела гостью в Астор Холл, зал из белого мрамора с парящими арочными окнами и огромной лестницей, что вела на второй этаж. Столы и стулья уже были расставлены, и Александра лишь украсила каждый столик композицией из роз и лофанта — именно с ней она явилась в «Пирсон групп» двумя неделями ранее. Уходя, она оставила на столике у входа еще один букет: бордовые розы, лиловые георгины, эвкалипт и фиолетовый цимбидиум в серебряной вазе, купленной на распродаже одной из частных коллекций прошлым летом. Роскошно, живо, но вместе с тем и элегантно. А еще букет притягивал взгляд к другому столику, на котором были расположены буклеты «Пирсон групп», напечатанная биография Гранта и других топ-менеджеров. Александра украдкой посмотрела по сторонам, чтобы убедиться, что рядом никого, а потом взглянула на биографию Гранта. В пятницу Джессика, оформлявшая этот стол, спросила ее мнение относительно трех разных фотографий, на которых был изображен он. Два снимка — профессиональные, и Грант на них был серьезным: на одном смотрел прямо в камеру, прищурившись и сжав губы, а на другом взгляд его был направлен на что-то за кадром, таким образом, можно было полюбоваться на его красивый профиль. Но Александра подумала, что обе фотографии выглядят какими-то постановочными, не трогают за душу. А вот третий снимок, который она рекомендовала Джессике и на котором та остановилась, совсем другой. На нем Грант запечатлен в беседе с группой инвесторов — фотография сделана еще на его прежней работе в Калифорнии. Он смеялся, и улыбки были на лицах окружающих его людей. Александра провела пальцем по снимку. Как давно она не видела Гранта улыбающимся!

В библиотеку начали прибывать сотрудники компании, занимающейся поставками еды, и Александра ушла. Оттуда она отправилась прямо в Хэмптон. День прошел в работе над гостевыми комнатами. Солнце уже заходило, когда Александра закончила с круглыми стеклянными вазочками, куда ставила красные и розовые циннии с побегами плюща — эти цветы должны были украсить собой веранду у бассейна с видом на океан, где планировался ужин. Она очень устала, но гордилась собой. Именно так она представляла себе работу, открывая «Колокольчик», — долгие дни, а иногда и ночи, цветы, зелень и превращение праздников из обычных в выдающиеся.

С улыбкой на лице Александра закрыла дверь одного из четырех холодильников, в которых размещались цветы — Лора специально взяла их в аренду и поставила в подвал, — поднялась по лестнице, прошла мимо огромной кладовой и очутилась в не менее просторной кухне. За верандой, бассейном и белой оградой виднелся океан, волны его катились по бескрайней глади к пляжу. Нужно сделать сэндвич, подумала девушка, и насладиться уединением на веранде.

Тут от стены отделилась тень. Александра вскрикнула от испуга.

— Грант! То есть мистер Сантос. Вы испугали меня.

— Мои извинения.

Ей показалось или на губах его вот-вот готова заиграть улыбка? Александра одернула себя: сейчас не время для этих игр, нужно быть профессионалом.

— Не извиняйтесь, это ваш дом, я просто не ожидала увидеть вас до завтра.

— Я хотел быть на месте в том случае, если что-то вдруг потребует моего внимания.

— Вот как.

— Все еще работаете?

— Только закончила. Цветы в гостевых комнатах будут к одиннадцати, а коктейльные столики я подготовлю к пяти. — Александра вытащила телефон, чтобы посмотреть записи. — Мне бы хотелось подождать как можно дольше, чтобы начать расставлять цветы к ужину. Завтра тепло, и...

— Я доверяю тебе, Александра.

Она вскинула глаза — так неожиданно было услышать эти слова от него. По-видимому, Грант и сам не ожидал, что произнесет их, ведь совсем недавно он требовал от Александры прямых отчетов ему лично. Хотя... после случившегося в магазине он заметно смягчился. Может, наконец, старое позади? Или он просто жалеет ее? В чем бы ни была причина его дружелюбия, перемены ей нравились.

— Спасибо.

— Ты поужинала?

Она не успела ответить — желудок ее громко заурчал. Грант усмехнулся.

— Сочту это отрицательным ответом. У меня тоже не было времени на еду до отъезда из Нью-Йорка. Сара обычно оставляет тарелку с нарезкой и фруктами, если знает, что я приеду.

Александра уже встречалась с Сарой, домработницей Гранта — улыбчивой женщиной небольшого роста с длинной, толстой косой ниже талии и громким голосом. Она долго ахала и охала над цветами, и Александра не удержалась — подарила ей лишний букет, оставшийся после оформления веранды. Ответная благодарность женщины стоила того, чтобы рискнуть, хотя обычно оставшиеся лишними цветы Александра берегла на тот случай, если что-то пойдет не так.

Грант подошел к одному из холодильников, встроенному в стену.

— Не хочешь бокал вина?

Внезапно Александра поняла, что собирается делать Грант.

— Ты... хочешь поужинать вместе со мной?

Он оглянулся. На лице его было недоумение.

— А что, это было непонятно?

— Не думаю, что сотрудникам и начальству стоит ужинать вместе.

Грант вытащил из холодильника большую тарелку — скорее, блюдо, серебряное, с изогнутыми ручками по бокам. На нем лежали ягоды, ломтики сыра и мяса, оливки, крекеры и стояли маленькие чашечки с различными соусами.

— Во время нашей экскурсии по дому я был слишком резок. Дело в том, что моя спальня — личное пространство, я не планировал показывать его никому.

Слова его одновременно успокоили и опечалили Александру. Она понимала, что Грант выразился очень деликатно, дело было не только в том, что он не хотел показывать спальню гостям. Она, его бывшая любовница, жестоко обошлась с ним в свое время, и он, очевидно, не желал ее присутствия в родных стенах. А ведь когда-то она была одним из тех немногих людей, кто непременно был бы вхож к нему в спальню.

Поставив блюдо на стол, Грант вытащил две тарелки поменьше и бутылку вина.

— Сара всегда оставляет мне еды, которой хватило бы на троих. Но таким образом я не голодаю пару дней.

Он налил в бокалы золотистую жидкость с пузырьками, поднимающимися к поверхности.

— Шампанское? — спросила Александра, поднося бокал к губам и ощущая щекочущее покалывание.

— Это игристое вино из Риу-Гранди-ду-Сул. В последние годы Бразилия стала одним из главных экспортеров игристого вина в мире.

Александра улыбнулась, уловив нотку гордости в его голосе. Она сделала глоток и с чувством произнесла:

— Вкусное!

И тут Грант улыбнулся — искренне, радостно, по-настоящему — впервые с тех пор, как они встретились снова. Лицо его преобразилось из загадочно-меланхоличного, приятного в удивительно красивое.

— Это из винодельни моей двоюродной сестры. Она медленно, но верно идет к успеху.

Вопрос уже готов был слететь с губ Александры, но она промолчала, сунув в рот виноградинку.

— Что?

Подняв глаза, Александра поймала на себе испытующий взгляд своего собеседника. Она проглотила виноград слишком быстро и принялась мучительно кашлять. Грант обошел стол и сунул в руку девушки бокал. Сделав глоток, она произнесла:

— Ничего.

— Александра, я вижу, что тебе есть что сказать.

Что ж, подумала девушка, Грант и впрямь знает ее, как никто другой, стоит ли отрицать очевидное.

— Фотографии в твоей комнате — они ведь сделаны в Бразилии?

Он кивнул:

— Да, на ежегодном карнавале.

— Ты скучаешь по родной стране?

Грант резко выдохнул, не сводя глаз со своего бокала, а потом кивнул:

— Каждый день. — Подойдя к окну, он посмотрел на океан. — Большая часть моей жизни прошла здесь, в Штатах, но я чувствую себя так, словно какая-то часть меня потеряна. Родные со стороны отца и матери, моя история — все это там, в Форталезе.

— Ты думал о том, что когда-нибудь сможешь вернуться?

Грант поднял бокал к свету и внимательно посмотрел на золотистую жидкость в нем.

— Я хочу поехать туда в этом году после запуска «Пирсон групп». Если все будет хорошо, то мы с матерью уедем туда следующей весной.

Александра онемела, чувствуя, как ее охватывает страх.

— Что? — потрясенная, вымолвила она. — Но ты ведь говорил, что вас там могут убить.

Грант повернулся к ней, и во взгляде его Александра увидела удовлетворение.

— Та группировка, что расправилась с моим отцом, была жестокой, но небольшой и дезорганизованной. Когда у меня появились деньги и связи, я начал вмешиваться в их дела. Где задержат груз, где появится полиция. Разнесся слух, что тот, кто убил отца, ненадежный человек, что, может, он даже сотрудничает с полицией. Его убили в прошлом году, а группировку распустили.

Александра ощутила неприятный холодок — у нее возник новый невысказанный вопрос.

— Я не заказывал его убийство, — ответил Грант, безошибочно угадав ее мысли.

— Я... Грант, я не...

— Ты думала об этом. Не скрою, мысль эта и мне приходила в голову. У меня был шанс... — Грант сделал глоток вина. — Я всегда говорил себе, что хочу разбогатеть, чтобы ни я, ни мама больше никогда не знали, каково это — жить без денег. В Бразилии мы не были богачами, но там наша жизнь была счастливой. Здесь же, в Штатах, наедине со своим горем и в чудовищной съемной квартире... — Грант снова умолк, задумавшись. — Я знал, что если стану богат и неуязвим, то непременно сотру с лица земли эту банду негодяев.

В голосе его зазвучали горькие нотки, и Александра непонимающе посмотрела на него: неужели он осуждает себя за жажду мести? Его, совсем еще ребенка, лишили отца и родного дома, перечеркнули его юность, отняли у него родных и друзей. Любой бы на его месте решил отомстить. Грант же внезапно произнес:

— Теперь, когда ты все знаешь, ты, вероятно, сочтешь, что я вовсе не принадлежу этому окружению.

— О чем ты?

Грант усмехнулся зло и жестко.

— Не стоит отрицать очевидного: я стоял за этим убийством, ведь это я ослабил группировку, умышленно создал ситуацию, в которой оно стало возможно. И я был рад смерти человека, по вине которого погиб отец. Я красиво одеваюсь, вожу дорогие машины, но под этой маской для тебя скрывается обычный уличный бродяжка.

— Не додумывай за меня! — раздраженно ответила Александра. Она со стуком поставила бокал на мраморную столешницу. — Хочешь знать, что я думаю на самом деле? В последний раз, когда я навещала отца в тюрьме, он вел себя как сущий подонок, обошелся со мной жестоко и подло. Я посещала его каждую неделю не один месяц, как примерная дочь, а он не переставая вещал о том, как я его подводила всю жизнь. — Александра обошла кухонный остров, вне себя от ярости. Сейчас она была зла на мир, в котором существуют наркосиндикаты, на отца, на Гранта за то, что он приписывает ей невесть что, и на себя. — Когда я уходила, он кричал, приказывая мне немедленно вернуться, прекратить быть тряпкой, а я только думала, что надеюсь на то, что он умрет, не выходя из заточения. Так что нет, Грант, я не считаю тебя чудовищем за желание отомстить за смерть отца и сделать так, чтобы вы с матерью могли вернуться домой, не рискуя жизнью. Ты избавил страну от группы негодяев, которые могли бы убить еще кого-то. Можно ли винить тебя за то, что ты радовался смерти убийцы твоего отца? Я считаю тебя нормальным человеком, который что-то сделал в этой жизни сам. Пора тебе уже признать свои достижения вместо постоянных самобичеваний.

Грант поставил бокал и повернулся к ней, но лицо его было непроницаемо.

— Вы и вправду так считаете, мисс Мосс?

Он преодолел расстояние между ними в два шага и теперь стоял так близко, что Александра ощутила, как ее словно накрыла теплая волна. Грант всегда действовал на нее так — ему было достаточно улыбнуться.

— Да, — растерянно и сконфуженно сказала она.

— Приятно слышать.

Он склонил голову и властно поцеловал ее. Не ожидая подобного поворота, Александра ахнула, и, как только губы ее раскрылись, между ними скользнул его язык. У нее не было ни времени, ни желания думать о том, что происходит и стоит ли продолжать... Обвив его шею руками, она ответила на его поцелуй, вложив в него весь тот огонь, всю страсть, что подавлялись эти девять лет. Грант обхватил ее за талию и поднял, чтобы посадить на стойку. Раздвинув ее ноги, он встал между ними, прижимаясь к ее телу, давая почувствовать свой твердый от возбуждения член.

— Грант, — прошептала Александра. — Пожалуйста...

— Мистер Сантос, — раздался знакомый голос откуда-то издали.

Джессика! Александра соскочила со стойки, обошла Гранта и шмыгнула в кладовую за секунду до того, как на пороге кухни возникла Джессика на неизменных каблуках.

— Добрый вечер, — раздался голос Гранта, и на миг воцарилось молчание.

Александра стояла, прислушиваясь, но в ушах только пульсировала кровь, она слышала глухие удары собственного сердца. Вот так профессионал, думала она о себе. Только что целовалась на кухонной стойке с начальником, и это за день до начала недели, знаменующей собой успех или провал ее бизнеса, а теперь прячется в кладовке. Ничего не изменилось, она по-прежнему убегает от ответственности.

— Добрый вечер, сэр, — послышался ответ Джессики, за которым последовал какой-то шелест. — Вот то, что вы просили. Я сделаю опись сегодня перед сном и с утра встречусь с мисс Джонс, мисс Мосс и персоналом по доставке еды.

— Спасибо, Джессика.

— Рада помочь, сэр. Доброй ночи.

Снова послышался стук каблуков, но на сей раз шаги удалялись. Джессика ушла. Александра поспешила к двери за спиной, ведущей на черную лестницу, и побежала по ступенькам вверх. Ее не интересовало, что будет делать Грант. Сегодня произошло слишком много незапланированного, и пора было заканчивать этот вечер неожиданностей.

Добежав до своей комнаты, она захлопнула дверь и, прислонившись к ней спиной, закрыла глаза. Какой же дурочкой она была, поддавшись искушению ответить на поцелуй Гранта! Теперь он знает, что она не в силах устоять перед ним.

Завтра. Завтра будет новый день, возможность начать все с чистого листа. Она будет держать дистанцию, вести себя как профессионал и, главное, отныне избегать любых поздних посиделок с Грантом Сантосом.

Глава 9

Заходящее солнце окрасило небо в изумительную палитру розового, ярко-оранжевого и нежно-сиреневого цветов. На веранде звучала оживленная джазовая музыка, гости сновали вокруг трех круглых столов, на которых гордо красовались составленные ранее Александрой композиции из цинний. Таинственно поблескивали свечи, и сверкали элегантные бокалы. Александра стояла в сторонке, периодически ловя на себе любопытные взгляды. К счастью, ей не встретилось никого из прежних знакомых, но чувство неуверенности не покидало ее. Снова и снова она задавалась вопросом, стоило ли ей являться на вечеринку. На ее присутствии настояла Джессика. Когда они в последний раз обговаривали планы, она произнесла:

— После ужина вы будете приветствовать гостей на веранде с мисс Джонс и другими членами старшего персонала «Пирсон групп».

— О нет, — запротестовала Александра. — Я лучше пойду к себе или погуляю вокруг, мне не хочется мозолить всем глаза.

Джессика нахмурилась:

— Нам с мисс Джонс будет спокойнее, если вы будете присутствовать, особенно учитывая, что это первое крупное мероприятие. И потом, гостям понравилась ваша работа на бранче в библиотеке. Было бы прекрасно, если бы вы смогли ответить на их вопросы и побеседовать.

Александра снова попыталась возразить, но Джессика пронзила ее острым взглядом.

— Помнится, в презентации мистеру Сантосу вы упомянули, что ваша работа славится индивидуальным подходом, который отсутствует у многих компаний. Ваше присутствие лишь подчеркнет эту особенность.

Александра не смогла ничего ответить на это. Джессика поймала ее на слове. Осталось лишь возразить, что у нее с собой нет подходящей одежды. Тогда Джессика принесла большую фиолетовую сумку с серебристым лейблом эксклюзивного бутика, где когда-то покупала себе вещи Александра.

— Что это?

— Вы как-то обронили, что раньше это был ваш любимый магазин. — Джессика окинула критическим взглядом футболку и джинсы собеседницы. — Ваша стандартная униформа подходит для работы в магазине. Но я взяла на себя смелость выбрать кое-что на тот случай, если вы понадобитесь здесь.

Подобные слова могли бы оскорбить, если бы их произнес кто-то другой; в устах Джессики, однако, это звучало спокойно, как констатация факта. Теперь, глядя на выбранное для ужина платье, Александра не могла не признаться: после стольких лет походов по распродажам и магазинам секонд-хенд она, распаковывая сумку, чувствовала себя ребенком в предвкушении рождественских подарков. Как давно она не обновляла свой гардероб! Среди выбранных Джессикой платьев одно понравилось ей больше остальных: серовато-зеленое, с открытым плечом, вырезом в виде сердечка и длинной летящей юбкой с разрезом сбоку. Оно было элегантным, загадочным и соблазнительным. Однако Александра отложила его, поняв, что мысли ее при виде этого наряда крутятся вокруг Гранта: что он подумает, увидев ее в нем? Нет, так она не сможет вести себя как профессионал. Мечты о Гранте не приведут ни к чему хорошему, только собьют с толку.

Сейчас на ней было белое платье с широкими лямками, квадратным вырезом и облегающей верхней частью, которая переходила в широкую юбку с голубыми воланами. При каждом шаге пышный подол крутился вокруг ног. В этом наряде Александра обрела уверенность в себе и даже осмелилась показаться на веранде. Вообще, она понимала, что это уникальный шанс для нее пообщаться с гостями Гранта. Она даже сунула в карман юбки несколько визиток. Единственным недостатком вечера было то, что держаться в стороне от хозяина торжества оказалось невозможно.

Александра бросила украдкой взгляд на Гранта, стоящего неподалеку и беседующего с престарелой парой и черноволосой дамой помоложе. От его чопорности не осталось и следа, сейчас он выглядел совсем как на том снимке с биографией, улыбка его была теплой и искренней. Этим он сильно отличался от отца Александры, который в разговоре со своими клиентами всегда напоминал чересчур активного продавца, чей смех был громким, но ненастоящим.

Подошла Джессика.

— Платье вам идет.

Александра застенчиво улыбнулась.

— Спасибо. Я давно не надевала ничего похожего. Мне не терпится надеть то зеленое вечернее платье: примеряя его, я чувствовала себя Золушкой.

Губы Джессики дрогнули — по всей видимости, это можно было счесть улыбкой.

— Вам нужны теперь хрустальные туфельки, — заметила она.

— Однажды я видела туфли от Кристиана Лабутена, которые были точной копией их.

— Закончив работу для нашей компании, вы сможете себе позволить несколько пар таких туфель.

Конечно, она была права. Но Александра знала, что первым делом ей нужно будет позаботиться об арендной плате и новых сотрудниках.

— Один из гостей хотел бы с вами поговорить, — сказала Джессика, делая знак Александре следовать за ней.

Они поравнялись с Грантом, и до Александры долетели его слова:

— Я не уверен, что в этом случае наша компания будет правильным выбором, мистер Фридман. В следующем году у нас будет шанс получше, чтобы проанализировать ваши финансы и принять решение.

Александра едва не уронила свой бокал с водой от изумления. Никогда ее отец не отговаривал людей от вложения капитала в его компанию — напротив, любой ценой убеждал их инвестировать. Так же поступали и его друзья; их не интересовало благосостояние клиента, его желания и цели — только деньги. Что ж, Грант, хоть и изменился, не утратил порядочности и честности — это усложняет дело. Было бы легче не думать о нем, если бы он превратился в бесчувственного монстра.

Джессика тем временем привела ее к одному из гостей — темноволосому мужчине с круглыми очками на носу с горбинкой. Александра машинально улыбнулась ему.

— Александра, знакомьтесь, это Дэн Перри. Они с женой интересовались цветочными композициями.

Дэн улыбнулся в ответ.

— Вчера Кимберли едва не утащила композицию, что стояла на ресепшн, такой красивой она была.

Александра снова улыбнулась — на сей раз искренне.

— Спасибо, мистер Перри. Очень добрые слова.

— Я не слышал о магазине «Колокольчик». Вы занимаетесь и другими похожими мероприятиями?

— Да, — с энтузиазмом ответила Александра, чувствуя, как сердце радостно подпрыгнуло, — магазин открыт полгода, и мы пока только набираем популярность.

Дэн окинул оценивающим взглядом столики.

— Я сказал бы, это хороший старт. Наша компания ищет нового флориста на сезон. Мы обычно проводим три-четыре мероприятия между хеллоуином и Новым годом. У вас будет возможность заняться ими?

Спустя десять минут Александра раздала три визитки и назначила ориентировочную дату для юбилея. Окрыленная успехом, она столкнулась с женщиной, которая спешила из дома.

— Простите. — Александра осеклась, увидев красные глаза и размазанную тушь. — С вами все в порядке?

Дама всхлипнула и потерла нос. Она была в нарядном бело-голубом платье, а русые ее волосы были уложены причудливо заколотыми локонами. Александра подумала, что вряд ли она намного старше ее.

— Со мной будет все в порядке, когда я покину этот дом! — воскликнула дама, и голос ее привлек внимание нескольких гостей.

За ближайшим столиком люди следили за разворачивающейся сценой с нескрываемым любопытством, а кое-кто поглядывал на плачущую женщину с ужасом. Ни Лоры, ни Джессики нигде не было видно, а Грант все еще беседовал с Фридманами.

— Может, я провожу вас в дом? — мягко предложила Александра, но незнакомка отшатнулась.

— Кто вы? Я вас не знаю.

От нее пахнуло алкоголем — по-видимому, свои беды она заливала вином.

— Меня зовут Александра, и я флорист, работаю для компании «Пирсон групп». Мне всегда становится лучше в тяжелую минуту, когда я уединяюсь.

Взгляд женщины скользнул по переполненной людьми веранде. Она покраснела и опустила голову.

— Хорошо, — произнесла она еле слышно.

Взяв женщину под руку, Александра провела ее через кухню в дом. По пути она поймала взгляд подруги Памелы, стоящей у плиты в белом колпаке. Руки ее двигались с молниеносной скоростью, выполняя привычные манипуляции. Увидев Александру, она беззвучно пошевелила губами: «Все нормально?» Александра кивнула, и Памела снова принялась раздавать громкие приказы своим сотрудникам. Звуки, раздающиеся на кухне, заглушили рыдания, которыми внезапно разразилась незнакомка. Они прошли в тихий уголок неподалеку и сели за стол. Женщина закрыла лицо руками.

— Простите, вы, наверное, думаете обо мне черт знает что.

— Вовсе нет, но меня тревожит ваше состояние, — ответила Александра, устроившись напротив.

Подняв глаза, ее собеседница вытерла слезы, отчего тушь размазалась еще сильнее.

— Мой муж сообщил мне, что мы на неделю едем в Хэмптон. Я решила, что это его подарок нам на годовщину свадьбы, а потом поняла, что это всего лишь рабочая встреча.

По ее тону стало понятно, что работа мужа не в первый раз встает между супругами.

— Да, неприятно, — согласилась Александра.

— Вы и представить себе не можете, — продолжала незнакомка, вздыхая. — Я пыталась организовать нам поход к семейному психологу целый год. Мой муж интересуется только тем, сколько денег он может заработать. Он просто одержим деньгами, он не уделяет внимания ни мне, ни нашему сыну.

Встав, Александра налила воды в стакан и подала ей вместе с салфеткой. Ей захотелось обнять эту печальную девушку — слишком знакомы были ей ее слова. Ее собственный отец тоже мало обращал внимания на своих жену и дочь — сколько раз он не являлся на ее концерты или игры, хотя настаивал на том, чтобы Александра занималась музыкой и спортом, не из заботы о ней, а просто потому, что ему хотелось покрасоваться перед другими.

— Что ваш муж думает о семейном психологе? — поинтересовалась Александра.

Незнакомка горько усмехнулась.

— Что у него нет времени — конечно, у него его никогда нет, если речь идет о деньгах.

Александра помолчала, обдумывая, стоит ли отвечать. Они с женщиной незнакомы, возможно, той просто надо выговориться, да и вообще, разве вправе она раздавать советы относительно отношений? Но то, что описывала собеседница, было ей слишком знакомо. Что, если она так и будет всю жизнь надеяться на то, что однажды произойдет чудо и муж изменится?

— Вы думали о разводе? — спросила она, наконец решившись.

Женщина покачала головой:

— Нет... то есть думала, конечно. Но самое ужасное во всей этой истории то, что я люблю его. И он не всегда был таким.

— Что изменилось?

— Его друг потерял все, что у него было, пару лет назад, на неудачной инвестиционной схеме.

Александра отвела глаза, чувствуя, как тихий ужас змеей вползает в сердце.

— Мне жаль.

— Спасибо. — Женщина принялась теребить скатерть. — Под словом «все» я имею в виду, правда, все, что у него было: от него ушла жена, он потерял работу, дом. Теперь мой Гарри просто одержим тем, чтобы у нас было «достаточно». Наверное, я должна это ценить. Но мне так не хватает мужа. — Высморкавшись, она бросила взгляд в зеркало на дальней стене и сморщилась. — Я ужасно выгляжу, верно?

Александра ободряюще улыбнулась:

— Ничего страшного, просто умыться холодной водой — и все. Кстати, ваши волосы чудесно уложены.

Незнакомка рассмеялась:

— Я думала, Гарри хочет устроить ужин в честь нашей годовщины, и целых два часа готовилась. —

Она встала. — Не знаю. Может, мне стоит просто смириться?

— Нет, — вырвалось у Александры, и эмоциональность этого короткого ответа шокировала и ее, и ее собеседницу. — То есть... кажется, вы и вправду его любите. Однажды я не стала бороться за свою любовь, — голос ее стал тише, перед глазами встало улыбающееся лицо Гранта, — и с тех пор очень об этом жалею.

Отмахнувшись от собственных мыслей, Александра снова посмотрела на женщину, что стояла перед ней, схватившись за спинку стула, точно за спасательный круг.

— Если вы полагаете, что ваш брак нужно спасать, не сдавайтесь.

Женщина долго смотрела на нее, не отводя глаз, а затем робко улыбнулась:

— Спасибо. Александра, верно?

— Да, Александра Мосс.

— Меня зовут Люси Хилл. — Она слегка склонила голову набок. — Вас раньше звали Александра Волдсворт, не так ли?

В этот момент Александре показалось, что пол закачался под ее ногами.

— Ну... я...

Люси только махнула рукой.

— Простите, это было грубо. Я знала вашу мачеху Сьюзан и, кажется, приходила на вечеринку в честь Дня труда в конце лета. Ваша семья обычно их устраивала.

Александра немного успокоилась. Похоже, Люси не собирается кричать на нее и проявлять агрессию, как это порой делали те, кто узнавал о ее прошлом.

— Да, вы правы, — призналась она.

Люси накрыла ее ладонь своей.

— Не стоит переживать. Большинство из тех, кто знает вашего отца, понимают, что вы с братом не виноваты.

Александра удивленно посмотрела на нее:

— Что?

— Все сочувствуют вам и Финли. Мне приятно знать, что вы встали на ноги и так успешны. — Люси коротко хохотнула. — Разве что иногда приходится успокаивать подвыпивших дам, испытывающих кризис в браке. Ладно, пойду умоюсь, пока никто меня не увидел с такой красотой на лице.

Люси вышла в холл, а Александра, обескураженная услышанным, присела на стул. Все ее страхи и чувство вины за содеянное отцом лишь подкреплялись встречами с людьми, которые, пострадав, ненавидели ее заодно с Дэвидом. Когда агент по недвижимости отказала ей в аренде помещения в Гринвич-виллидже и приложила все усилия для того, чтобы никто из приличных арендаторов не сдал ей площадь, Александра приняла тот факт, что люди винят ее за то, что натворил отец. Но сейчас слова Люси заставили ее задуматься о том, что, может, все не так, как она для себя решила.

— Мисс Мосс, — раздался мужской голос. Александра подняла голову и увидела джентльмена примерно сорока лет со светлыми волосами и узким лицом, стоящего в дверном проеме. Он казался растерянным. — Я Гарри Хилл.

О боже, подумала Александра, как так вышло, что она оказалась в центре семейных разборок?

— Рада встрече, мистер Хилл. — Встав, она протянула руку. — Думаю, ваша жена вышла ненадолго в туалет.

— Я все слышал, — признался Гарри. — Я идиот.

— Ну что вы, — поспешно возразила Александра, невольно чувствуя жалость к этим людям, которые, похоже, и вправду любили друг друга, но испытывали трудности в общении. — Просто... вы запутались.

— Да, но я все равно идиот. — Гарри резко выдохнул. — Я даже не вспомнил, что сегодня годовщина нашей свадьбы. Да не просто годовщина, а десять лет совместной жизни. — Он состроил гримасу. — Как можно такое забыть? Я даже не купил Люси цветы.

Александра улыбнулась:

— Мистер Хилл, здесь я могу вам помочь. Если вы...

— Да! — воскликнул Гарри. — Прошу вас, что угодно, я не хочу потерять жену.

— Пойдемте.

Когда они вышли в холл, раздался странный звук. Александра оглянулась, ожидая увидеть Люси, но никого не было. Она обрадовалась: если Люси пробудет в туалете еще немного, то она сможет помочь Гарри завоевать прощение жены.

Глава 10

Грант остановился в дверях кухни, глядя на Александру, занятую работой. Она пристраивала цветок в букет. Волосы ее были завязаны в высокий хвост, а на лице читалась сосредоточенность. Прикусив губу, она чуть повернула цветок и отошла на шаг, чтобы полюбоваться сделанным. Гранту казалось, что букет выглядит чудесно, как и все работы девушки за последние несколько дней. Глядя на то, как она работает, он снова и снова убеждался, что пригласить Александру было правильным решением, хоть и первоначальные его мотивы были совсем не связаны с работой. Она и в самом деле одаренный флорист. Гости, присутствовавшие на бранче в Астор Холл, по достоинству оценили составленные ею композиции и не раз упомянули в беседе карточки, объясняющие значение каждого цветка в букете.

Грант залюбовался нарядом девушки: ведь это он выбирал для нее одежду, хоть и попросил Джессику сказать, что покупала все она. Увидев Александру в бело-синем платье, он почувствовал странную затаенную радость: ему было приятно, что она носит выбранные им вещи. Отправляя заказ на одежду Джессике, он повторял себе, что делает это только оттого, что привычные Александре футболки и джинсы неприемлемы на серьезном мероприятии. Но в глубине души он знал, что на самом деле просто хочет сделать девушке приятное, как-то загладить свою вину за желание выставить себя напоказ перед ней. Грант помнил, что в прошлом Александра любила красиво одеваться, а судя по одежде в ее квартире и тому костюму, в котором она появилась перед ним в офисе компании, отныне у нее не было возможности покупать качественные вещи.

Наблюдая за Александрой на вечеринке, было невообразимо приятно видеть, как она горделиво держится в новом платье, как счастливая улыбка играет на ее губах. Грант не мог не заметить момента ее встречи с Люси Хилл. Увидев, как та выбежала из дома с красными глазами и размазанной тушью, он напрягся. О том, что чета супругов Хилл испытывает кризис в отношениях, знали многие и не упускали случая это обсудить. Но Гарри был очень выгодным вкладчиком, и не пригласить его было бы по меньшей мере глупо. Грант приготовился было решать проблему в одиночку, потому что Джессика была занята, но сначала нужно было закончить беседу с Фридманами, просто так уйти было бы грубо. Поэтому к тому моменту, когда он освободился, Люси и Александра уже ушли в дом. Грант был несколько встревожен таким поворотом событий и направился вслед за девушками. Он нашел их как раз в тот момент, когда Александра произнесла: «Однажды я не стала бороться за свою любовь и с тех пор очень об этом жалею».

Грант не знал наверняка, но был почти на сто процентов уверен, что она говорит об их отношениях. На миг ему захотелось ворваться в укромный уголок, где спрятались девушки, и потребовать ответа у Александры, но он удержался от этого импульса. Отчасти из уважения к Люси и ее проблемам, а отчасти оттого, что не знал, готов ли услышать эту правду. Когда Люси ушла, его снова начали терзать сомнения. Он уже готов был подойти к Александре, но тут появился Гарри. Грант снова слушал их беседу, стоя за углом, а потом последовал за ними в кладовую, где Александра вытащила букет и отдала его Гарри, посоветовав ему пригласить Люси в ресторан на пляже. «Он открыт до полуночи, и столики у моря — прекрасное место для празднования юбилея», — произнесла она, улыбаясь. Увидев эту ее улыбку, Грант почувствовал, как сердце его отчаянно забилось в груди, словно мешая дышать. Он признался наконец себе, что пригласил Александру поработать у него по единственной причине — понять, что же произошло тогда, девять лет назад. И вот, придя в кухню, Грант был преисполнен намерения узнать правду: как так вышло, что Александра, что только что отдала букет, над которым долго трудилась, человеку, позабывшему о юбилее собственной свадьбы, могла сказать такие жестокие и злые слова тому, кого любила.

— Уже почти полночь, — произнес он, чем напугал девушку.

Она подпрыгнула и схватилась за сердце.

— Послушай, перестань так делать, — ответила она, улыбаясь.

— Все работаешь?

Александра снова взглянула на цветы.

— Да, мне нужен еще один букет на завтра.

— Потому что ты отдала готовый Гарри Хиллу.

На лице Александры мелькнула тень непонимания, но потом она кивнула.

— Так это ты был в холле, не так ли? — Грант кивнул, и она скорчила рожицу. — Когда Джессика попросила меня прийти на ужин, я не догадывалась, что придется поработать семейным психологом для нью-йоркской элиты.

— Ты сделала для них больше, чем мог бы натворить какой-нибудь умник за триста долларов. У них уже не первый год проблемы в семье.

Александра отвела глаза.

— Да, Люси говорила.

— Ты не виновата, ты ведь знаешь? — внезапно спросил Грант, и девушка вскинула голову.

— Что?

— Ты не отвечаешь за действия своего отца.

— Я... — Александра замешкалась, вздохнула и, скинув туфли на каблуке, присела. — Мне тяжело не брать на себя ответственность за это. Слишком долго я не уделяла внимания тому, что делает отец. Я просто пользовалась всем, что он мне давал.

— Это не так. — Грант подсел рядом. — Я видел, как ты работала в саду. Про тебя нельзя было сказать, что ты избалованная, ленивая негодяйка. Ты помнила людей по именам и помогала им. — Грант медленно протянул руку и накрыл ею ладонь девушки. — Вот поэтому я не понимаю, что же произошло тем летом. Почему все закончилось так.

Воцарилось молчание. Александра смотрела на Гранта, не сводя с него глаз, и в них заблестели слезы.

— У меня не было выбора, Грант, — наконец сказала она и, не давая ему возразить, покачала головой. — Нет, не так — выбор у меня был, и я сделала то, что сделала, из страха.

Грант почувствовал, как в горле его встал ком.

— О чем ты говоришь?

Александра глубоко вздохнула и закрыла глаза. Ему стало не по себе: что могло такого произойти, что она даже боится взглянуть на него?

— Грант...

По щеке ее скатилась слеза, и Грант смахнул ее, а потом, поддавшись соблазну, приложил ладонь к нежной коже. Подавшись ему навстречу, Александра снова вздохнула, губы ее раскрылись. Тяжелый камень, не дававший Гранту дышать, внезапно исчез, и место его заняло совсем другое чувство.

— Грант, — снова произнесла Александра, открыв глаза, и на сей раз в ее голосе было слышно ответное желание.

Когда-нибудь, подумал Грант, он узнает правду, но не сейчас. Сейчас ему нужна только Александра. Уверенно шагнув ближе, он поцеловал ее.

Глава 11

Это было неизбежно, подумала Александра, целуя Гранта в ответ, перебирая пальцами его волосы на затылке. Несмотря на то что она повторяла себе держаться подальше и соблюдать приличия, какая-то часть ее знала с самой первой встречи в офисе «Пирсон групп», что однажды они с Грантом снова не устоят друг перед другом. Слишком страстным, всепоглощающим был их роман.

Грант двигался уверенно и властно. Подняв со стула, он прижал ее к стене, приподнял и раздвинул ей ноги, чтобы она обхватила ими его за талию. Александра знала, что их может застать кто угодно, и это лишь добавляло возбуждения. Они так хотели друг друга, что подобные мелочи отступали на второй план.

— Грант, — прошептала она, — о, прошу тебя...

Взяв ее на руки, Грант повернулся и пошел к черной лестнице. Ступеньки заскрипели под его шагами. Александра прислушивалась: вдруг кто-то их увидит и ахнет в изумлении, но нет. Лишь в ушах ее отдавались удары сердца. Грант повернул в свою комнату и ногой захлопнул дверь. Александра почувствовала, что падает. Миг, и она уже лежала на кровати. Грант сделал шаг назад, и она приподнялась на локтях, чувствуя, как голову поднимает тревога. Неужели он передумал?

— Ты такая красивая, — произнес Грант, и желание в его голосе обожгло ее, точно пламя. Она окинула его оценивающим взглядом — он просто сногсшибателен. Конечно, Александра всегда считала Гранта красивым мужчиной. Но раньше он был юным и неопытным, а сейчас перед ней стоял уверенный в себе лидер, искушенный в техниках соблазна. И все его внимание принадлежало ей безраздельно.

Грант одним быстрым движением снял рубашку, и лунный свет окутал его тело серебристым сиянием.

— Я не могу не отметить, что ты все еще полностью одета, — произнес он. Александра посмотрела на него и встретила его лукавый взгляд. Прежде она бы непременно смутилась и зарделась. Но сейчас...

— Думаю, тебе первому стоит раздеться, — парировала она.

— Неужели?

— Да.

В какой-то момент Грант просто стоял и смотрел на нее. Александра забеспокоилась: неужели она перегнула палку? Но тут его руки легли на ремень. Сняв пряжку, он расстегнул молнию и снял джинсы, обнажая мускулистые ноги и плотно прилегающие черные трусы, под которыми угадывались очертания вставшего члена. А потом он снял и их.

— Ты... — Александра облизала губы. — Ты прекрасен, Грант.

Придвинувшись к краю кровати, она протянула руки. Пальцы ее легли на его пенис, и он выдохнул:

— О, Александра.

Она подняла глаза, удовлетворенно улыбаясь.

— Я скучала по тебе, Грант.

Она уверенно наклонилась и взяла его член в рот.

— Боже, Александра, — простонал он, перебирая пальцами ее волосы.

Поглаживая его бедро, она продолжала ласкать его языком и губами, как внезапно...

— Хватит!

Грант одним рывком поставил ее на ноги и поцеловал, но этот поцелуй был быстрым и нетерпеливым. Слегка отойдя, он снял с Александры ее платье, расстегнул бюстгальтер и, присев, спустил с ног трусики. Снова отступив на шаг, он окинул ее оценивающим взглядом, в котором читался неприкрытый голод.

Александра шагнула к нему. Он не сдвинулся с места, по-прежнему наблюдая за ней. Медленно подняв руки, она обвила ими его шею, привстала на цыпочки и коснулась губами его губ.

— Я так хочу тебя.

Грант положил ладони на ее талию, стараясь прикасаться едва заметно, не желая ускорять процесс. Между тем желание его нарастало. Головка его члена прижалась к ее животу, усиливая удовольствие. Приподняв девушку, Грант уложил ее на кровать и остановился, чтобы полюбоваться ею. В лунном свете тело ее словно светилось, а волосы темным облаком лежали на простыне. Грудь, которую Александра постоянно прятала под своими чертовыми футболками, наконец предстала перед его взором во всем своем великолепии. Тело его прежней подруги изменилось, налилось соблазнительной красотой — каждый его изгиб так и манил его.

Грант опустился на кровать, склонился над распростертой девушкой и коснулся губами округлой груди.

— Пожалуйста, Грант, — умоляюще произнесла Александра.

Подняв голову, он дождался, пока она посмотрит на него, и улыбнулся, поддразнивая ее:

— Ну, раз ты так просишь...

Грант поочередно ласкал губами грудь девушки, по-прежнему опираясь на руки, не доверяя себе и почти не касаясь ее тела. Медленно он спускался все ниже, к животу и, наконец, к бедрам.

— Грант... — снова произнесла Александра, и на сей раз в голосе ее было слышно сомнение.

Он поднял голову.

— Я не буду этого делать, если ты не хочешь. Но, — он провел пальцем по ее влажной коже между ног, — надеюсь, что ты хочешь, чтобы я тебя поцеловал так же сильно, как хочу этого я.

Она улыбнулась, и даже в лунном свете было видно, как порозовели ее щеки.

— Да, Грант.

Крепко сжимая ее бедра, Грант опустил голову... после первого же поцелуя его Александра застонала — громко, так что оставалось лишь надеяться на то, что это не услышат гости. Хотя отчасти ему было все равно: там внизу Джессика и домработница Сара, так что можно пока насладиться этими чудесными минутами.

Он продолжал ласкать девушку, не останавливаясь, даже когда она начала покачивать бедрами, сжимая ногами его голову. Стоны ее становились все громче, и вот тело ее выгнулось в экстазе, а потом снова медленно опустилось на постель.

Грант потянулся к тумбочке, протянул руку — пальцы его нащупали квадратный пакетик. Открыв его, он надел презерватив и снова опустился на кровать. На этот раз он прижался к обнаженному телу девушки, и жар его опалил его кожу.

— Я хочу тебя.

Она все еще была на вершине блаженства, и глаза ее были полузакрыты, но она кивнула. Медленно он овладел ею, наклонился и поцеловал ее в губы, вместе с этим начиная ритмично двигаться, сначала плавно, а потом все быстрее и быстрее. Вместе они быстро достигли нового пика удовольствия, и Грант в последний момент успел краем сознания удивиться тому, что когда-то он смог уйти от Александры.

Спустя несколько минут, придя в себя, девушка начала потихоньку двигаться к краю кровати.

— Куда это ты собралась?

Она обернулась, и, к своему удивлению, Грант не сумел прочесть ничего по ее взгляду. А когда-то она была для него открытой книгой...

— Это было чудесно.
— Да.

Улыбка смягчила лицо девушки.

— Я просто не знаю... мы же не...

Как удобно, подумал Грант, использовать этот момент для того, чтобы потешить свое уязвленное самолюбие и напомнить Александре о том, насколько они разные, а потом поблагодарить ее за приятный вечер и попросить уйти. Но... теперь он не мог этого сделать. Это было бы жестоко и разбило бы ей сердце.

— Ты можешь уйти, а можешь остаться, — сказал Грант.

Александра молча посмотрела на него. Он и сам не знал, чего хочет больше: чтобы она ушла и дала ему время на то, чтобы собраться с мыслями, или чтобы осталась. Наконец на губах ее появилась вымученная улыбка.

— Мне нужно идти.

Грант не скрывал своего разочарования, но не стал ее останавливать, только наблюдал, как Александра собирает одежду и поспешно одевается. Его разрывали на части эмоции — гордость и ярость, из-за которых он не мог заставить себя произнести ни слова, и отчаяние, заклинавшее его умолять Александру остаться. Что ж, она сама решила уйти, сбежать, вместо того чтобы дать ему ответы на наболевшие вопросы.

Вот девушка подошла к двери и вдруг остановилась... он едва не выкрикнул: «Останься!» — но заставил себя промолчать. Спустя миг она повернула ручку двери и вышла, мягко затворив створку за собой.

Глава 12

Александра стояла, оглядывая букеты, проверяя, нет ли вялых соцветий или сухих листьев, но цветы выглядели чудесно. Со вздохом она закрыла дверь холодильника. В любое другое время тот факт, что ничего не испортилось, ее бы обрадовал, но сейчас это означало, что в последний день в Хэмптоне ей абсолютно нечем заняться. Завтра состоится последний обед, а потом все разъедутся по домам. Кто-то из гостей жил в Нью-Йорке, но были и такие, кто путешествовал из Вашингтона, Северной и Южной Каролины и даже из Канзаса. Все они должны были вернуться на последний гала-вечер в музее Метрополитен, где соберется около двухсот потенциальных клиентов «Пирсон групп» и все, кто что-то значит в финансовых кругах Нью-Йорка. К счастью, это мероприятие должно было состояться только в следующую субботу, а значит, у Александры была целая неделя для того чтобы отдохнуть от событий последних дней, которые были нелегкими для нее в эмоциональном плане.

С того момента, как она ушла из спальни Гранта, она видела его каждый день, но их беседа не шла дальше слов «Добрый день, мистер Сантос». Он держался отстраненно и, казалось, даже не смотрел в ее сторону. Александра воспринимала это как нечто само собой разумеющееся — ведь она снова сбежала, вместо того, чтобы разбираться с проблемой. Откровенно говоря, ей ужасно хотелось остаться и рассказать Гранту все, как было, — но мысль о том, что он будет презирать ее за это признание, была невыносима. Ему пришлось столько пережить: смерть отца от рук преступников, побег в другую страну, где они с матерью жили в крошечной квартирке, изнурительную работу и трудный путь к своей цели. Наверняка Грант, будь он на ее месте, сумел бы сохранить их отношения и найти способ остаться вместе. Как она может рассказать ему правду, если он попросту сочтет ее слабой?

Александра поднялась наверх, где Памела со своей командой готовила завтрак, взяла маффин и прошла к кофемашинам, помахав подруге по пути. Иногда ей отчаянно хотелось поговорить с той по душам, спросить совета — но она молчала. Что, если Памела узнает, кто она такая, кем была раньше... Александра повторяла себе, что она просто не хочет утомлять подругу своими проблемами после того, как та рискнула своей работой, поделившись имеющейся информацией о событиях в «Пирсон групп». Но правда была в том, что ей было страшно. Что, если Памела тоже отвернется от нее — потерять еще кого-то будет невыносимо.

Сегодня был тихий день, гости были предоставлены самим себе и снабжены информацией о местных достопримечательностях. Памела с командой должны были постоянно поставлять закуски и легкие перекусы в течение дня. Джессика работала в библиотеке, Лора развлекала кого-то беседой на застекленной террасе. Большинство гостей разъехались, а руководство «Пирсон» отправилось по делам в Нью-Йорк. Александре было в прямом смысле нечем заняться. Налив себе кофе, она отправилась на заднюю веранду, уселась в шезлонг и вытащила телефон. Все эти дни у нее не было и свободной минуты: нужно было поставлять свежие цветы в комнаты гостей, украшать веранды для различных ужинов и обедов, обновлять информацию на сайте магазина, принимать новые заказы... Александра буквально падала в кровать, едва тьма ночи укрывала океан. Когда вообще у нее выдавалась вот такая возможность побездельничать? Пожалуй, несколько лет назад.

Ответив на пару писем с подтверждением новых заказов, Александра посмотрела на буклет, предложенный гостям, — может, стоит съездить в какой-нибудь парк или на ферму растений... Внимание ее привлекло какое-то движение. Подняв голову, она увидела Гранта, идущего по двору. Александра решила быстро и незаметно уйти, но было поздно.

— Доброе утро, — произнес Грант, и низкий его голос, казалось, отозвался в каждом ее нервном окончании.

— Доброе утро, мистер Сантос.

Скептически приподняв бровь, Грант присел в шезлонг рядом с Александрой. Она же и не посмотрела на него, упорно глядя на волны Атлантики.

— Тебе не кажется, что «мистер Сантос» звучит несколько напыщенно?

— Вы сами так просили называть вас, вы же мой начальник.

— Это было до того, как ты очутилась голая в моей кровати.

Александра невольно огляделась, чтобы убедиться, что никто не подслушивает их беседу, а потом все-таки встретила взгляд Гранта, в глазах которого плясали чертенята.

— Я называла тебя так всю неделю, — отметила она, крепче сжимая в руках чашку с кофе.

— На людях, да. — Взгляд его прожигал ее насквозь. Александра решила промолчать, сжав губы. — Ты избегала меня.

— Ну, ты, скажем так, не искал моей компании.

— Зато сейчас ищу. Мы едем на ферму гортензий.

Неожиданно, подумала она, и загорелась при мысли о том, что они с Грантом какое-то время вновь будут вдвоем. Вместе с приятным волнением где-то глубоко проснулась и паника. Грант что-то задумал? Но... как же хочется побывать на ферме гортензий! Огромные круглые цветы можно было увидеть во многих садах, но мало кто из флористов использовал их в букетах.

— А что, если я откажусь?

Грант наклонился ближе.

— Нет, не откажешься, прямо сейчас ты представляешь себе бесконечные ряды гортензий. Ты не устоишь перед соблазном.

Черт возьми, он прав, подумала Александра, но еще хуже, что куда сильнее для нее соблазн провести весь день с ним, возможно, последний, внезапно пришло ей в голову. На следующей неделе они вряд ли увидятся, а в субботу днем она отвезет цветы в Метрополитен-музей, и... все. Они с Грантом расстанутся, каждый пойдет своей дорогой.

— Только потому, что ты приглашаешь меня на ферму цветов, — предупредила его она.

Улыбка его была невыносимой.

— Будь готова через пятнадцать минут.

* * *

Ровно в указанное время Александра вышла к подъездной аллее. На ней было темно-синее запахивающееся платье чуть выше колена и свободная белая блуза, завязанная узлом на талии. Дополняла наряд соломенная шляпа с белой лентой. Снова Грант испытал странную смесь удовлетворения и душевного подъема, увидев ее в одежде, которую выбрал сам. Из всех вещей, что он купил, одна выделялась особенно — это было зеленое вечернее платье с длинной юбкой. Оттенок его навевал мысли о летнем бризе, колышущем кроны деревьев. Грант повторял себе, что выбрал его с одной лишь целью — чтобы Александра достойно выглядела на гала-вечере в Метрополитен-музее, ведь она представляет «Пирсон групп» — так пусть его гости знают, что он приглашает лучших. Но в голову лезли порой совсем неприличные мысли о том, как приятно будет снять это творение с девушки.

Взглянув на темно-вишневый кабриолет, припаркованный у входа, Александра улыбнулась — широко и искренне.

— Ты помнишь.

— Да.

Подобную машину дочери подарил Дэвид на ее девятнадцатый день рождения — впрочем, вовсе не из отцовской любви. Просто это был очередной шанс показать остальным свою состоятельность. Он повторял, что всякий раз, когда Александра не хочет брать лимузин, в ее распоряжении есть кабриолет. Они с Грантом воспользовались этим шансом и гоняли по побережью — в основном поздно вечером, когда Грант заканчивал работу, — парковались на пляже и слушали музыку, лежа на капоте и глядя на звезды. Не сосчитать, сколько раз они занимались любовью на заднем сиденье...

С этими мыслями Грант завел машину, и они тронулись. Ферма находилась в часе езды. Всю дорогу оба молчали, слушая музыку. Александра смотрела в окно, любуясь летними виллами и видами на океан. Грант удержался от соблазна завести разговор об их расставании. Слишком часто ему сейчас приходилось заниматься серьезными делами, идти к цели... За всем этим терялись простые удовольствия жизни, вроде поездки на машине вдоль берега моря.

Наконец за окном мелькнул деревянный указатель, сообщающий, что они приближаются к ферме. Грант свернул на посыпанную гравием дорожку, по обеим сторонам которой росли деревья. Украдкой он бросил взгляд на свою спутницу.

— О! — воскликнула она.

Перед ними возник белый домик с большим крыльцом, около него стоял указатель со стрелками, на которых было написано, где найти сувенирный магазин, кофейню, ульи с пчелами, но внимание Александры было приковано к полям. Бесконечные ряды гортензий укрывали ее, точно ковер, некоторые цветы были так огромны, что ветви кустарников склонялись к земле, усеивая ее лепестками розовых, голубых, кремовых оттенков. Между кустами росли ясени, бросая тень, в которой можно было укрыться от палящего солнца.

— Грант! — воскликнула Александра. — Это же чудесно!

Она повернулась к нему, и улыбка ее поразила его в самое сердце — такой искренней, солнечной, ясной она была. Гранта словно поразило током:

как мог он считать эту девушку, радующуюся простым цветам, избалованной эгоисткой? Очевидно, что их расставание стало результатом чего-то, произошедшего за его спиной.

Они припарковались, и Александра тут же бросилась к полям. Гранту пришлось ускорить шаг, чтобы нагнать ее. На ферме в этот утренний час почти не было посетителей, и тишину нарушало лишь монотонное жужжание пчел, перелетающих с цветка на цветок.

— Это же китайская гортензия! — воскликнула девушка, забирая в пригоршню белые цветы и вдыхая их аромат. — Ты должен понюхать, она совершенно не похожа на другие сорта!

Грант последовал ее примеру и склонил голову к цветам. Они издавали приятный, чем-то похожий на запах жасмина, аромат.

— Им следует продавать парфюм, — сказал он, но Александра лишь покачала головой.

— Аромат будет совсем не таким. — Раскинув руки в стороны, она закружилась по полю. — Это просто невероятно!!!

Грант словно завороженный не сводил с нее глаз: энергетика ее и искренняя радость были очень заразительны. Когда они были вместе, он не раз видел подругу именно такой.

— Что случилось, Александра? — спросил он без всяких переходов, и она сразу поняла, о чем речь. Улыбка ее померкла, отчего на душе его стало черно. Но Грант знал, что без этого разговора они не смогут строить какие бы то ни было отношения и то, что между ними зародилось в последние дни, быстро угаснет.

Александра повернулась к кусту и принялась перебирать соцветия, поглаживая лепестки. Грант терпеливо ждал.

— Помнишь тот костер... — Она запнулась и опустила голову. — Тот костер, на который мы ездили неделей раньше?

— Да.

Она имела в виду встречу своих школьных друзей. Гранту не хотелось на ней присутствовать, для него это было просто сборище богатеньких клоунов, но он видел, что Александре это было важно, потому согласился поехать с ней. Он не разочаровался в своем решении: во-первых, ему удалось поставить на место этих выскочек, которые смотрели на Александру свысока и презрительно, а во-вторых, она сама попросила его уйти пораньше, чтобы провести больше времени вдвоем.

— Кто-то сказал своим родителям, что я была с тобой, а они сообщили моему отцу.

Наконец Грант начал понимать, что произошло, в голове его сложились недостающие кусочки головоломки, что не давала ему покоя все эти годы.

— Он подошел ко мне днем раньше, перед тем, как мы расстались. — Голос Александры стал монотонным, она не поднимала глаз, глядя на цветы перед собой. — И сказал, что, если я не порву с тобой и расскажу тебе о нашем с ним разговоре, он отправит тебя с матерью в Форталезу. — Тут она словно вздрогнула — по крайней мере, Гранту так показалось. — А когда я сказала ему, что тебя там могут убить, он ответил, что на это и надеется.

Гранту показалось, что лучи солнца, прожигая его одежду насквозь, больно ранят кожу.

— А те слова, что ты говорила мне в библиотеке...

— Он велел мне их произнести. Сказал, что я должна быть как можно жестче — тогда тебе не захочется снова иметь со мной дела. — Пара лепестков упала с цветка в руках девушки, и она отпустила ветку, точно обжегшись. — Он сказал, что может отправить тебя в Бразилию в любое время в течение суток, если только увидит нас вдвоем.

Ярость и чувство вины захлестнули Гранта. Он отчаянно ругал себя: ведь он знал, на что способен Дэвид Волдсворт, не раз видел проявления его жестокости и даже не заподозрил неладное, хотя Александра была в библиотеке не одна, а под надзором отца, который в момент их расставания мерзко улыбался. Слишком сильны были его комплексы и страхи относительно того, что такая, как Александра, никогда не заинтересуется им всерьез. Он поддался своим эмоциям и не уловил несостыковок.

— Вот почему ты предложила мне уехать тогда.

Александра кивнула, закрыв глаза:

— Мне следовало все рассказать тебе, Грант. — Она посмотрела на него, и боль в ее взгляде пронзила его насквозь. — Мне очень жаль.

Эти слова ему хотелось услышать все девять лет, и вот сейчас, когда Александра их произнесла, они показались ему пустыми, никчемными, ведь ей не за что было извиняться. Не она была виновата в их разрыве.

— Это еще не все, — вздохнула она, и голос ее задрожал. Мирное жужжание пчел вдруг начало угнетать Гранта, в ушах его словно прокатился отдаленный раскат грома, а мысли метались от одного предположения к другому. Что там могло быть еще? Хуже, чем то, что сотворил Дэвид, казалось, уже некуда.

Но Александра продолжала говорить, сняв шляпу и дрожащей рукой пригладив волосы.

— Финн и я не были особенно в хороших отношениях как раз до той осени. Ему тогда пришлось везти меня в больницу.

— В больницу?

По щеке Александры скатилась слеза.

— Когда у меня случился выкидыш. Я была беременна от тебя.

Гранта словно ударили в солнечное сплетение: воздух вылетел из легких, все вокруг закачалось и даже звуки, казалось, замедлились.

— Беременна... — с трудом повторил он.

Александра кивнула.

— Я была на третьем месяце, но не догадывалась об этом. Думала, головокружение, тошнота, усталость — просто стресс. Отец уехал за границу. У меня началось кровотечение, и Финн... отвез меня в больницу. Он всю ночь держал меня за руку. — Слабая улыбка появилась на ее губах. — Это единственное хорошее, что произошло в результате всей этой ужасной истории. Финн увидел, в каком я была состоянии, услышал, что натворил отец, и это его изменило.

Грант был не в состоянии думать о позитивных результатах — сейчас он видел только всепоглощающую потерю. Потерю будущего с любимой. Потерю ребенка, о котором он даже не знал.

Александра кашлянула.

— Мне следовало сказать тебе, Грант, а еще следовало дать отпор отцу. — Голос ее снова задрожал. — Я... была такой слабой.

— Прекрати! — выкрикнул Грант, не в силах больше ничего слышать. — Мне нужно обо всем подумать.

— Конечно. — Лицо девушки словно окаменело. Надев шляпу, она произнесла: — Я пойду в сувенирный.

Прежде чем Грант успел ее остановить, она стремительно бросилась к дому. Он остался бесцельно бродить меж кустов, стараясь понять, что же теперь делать, но так и не нашел ответа. Когда он подошел к сувенирному, прошло уже полчаса. Он нахмурился, ища глазами Александру, но ее не было нигде.

— Вы Грант Сантос? — раздался голос.

Седовласая дама с яркими голубыми глазами улыбалась ему из-за кассы.

— Да.

— Ваша подруга отправилась назад в Хэмптон. Что-то там произошло с цветами для завтрашнего обеда. Она взяла такси и велела вам передать, что увидит вас завтра.

Глава 13

Александра шла по пляжу, глядя на большие пальцы ног, которые зарывались в мягкий сырой песок при каждом шаге. Солнце давно зашло, но она подождала, пока не спустится ночной сумрак, прежде чем набралась смелости, вышла из своей комнаты и проскользнула вниз по лестнице к выходу. Гости к тому моменту давно разошлись по своим номерам.

Счет за такси вышел просто ужасно дорогим, но Александра сочла, что заплатила не зря. Поначалу она собиралась подождать Гранта и выслушать все, что он бы счел нужным ей сказать. Она была готова к любому сценарию по пути домой, от неловкого молчания в машине до ссоры. Но минуты шли, а он все не появлялся, и Александра поняла, что не может дольше ждать. Она рассказала ему самые сокровенные подробности, включая тот факт, что они зачали — и потеряли — ребенка, а Грант просто смотрел на нее, а потом попросил замолчать. Александра и сама толком не знала, какой реакции от него ожидала, — но не холодного молчания в ответ на свои слова.

Сейчас ею владели противоречивые чувства — отчасти она все еще ощущала вину за то, что позволяла своему отцу управлять своей жизнью. Но нашлось в ее душе место и горечи, и даже ярости. Произнеся вслух все то, что невысказанным грузом лежало на сердце, она задумалась — ситуация стала выглядеть иначе. Да, она проявила слабость, и ей следовало поговорить с Грантом. Но разве не пыталась она его защитить, потому что любила? Как не мог он понять, что даже расставание для нее означало лучший выход, нежели риск, в результате которого он и его мать могли лишиться жизни?

Остановившись у пирса, что служил границей территории Гранта, Александра вдруг почувствовала на себе чей-то взгляд и, обернувшись, увидела темную тень, что двигалась к ней. Даже в тусклом свете луны, в котором был виден лишь силуэт, она была уверена, что это Грант. Слишком знакомой была его походка, манера держаться.

— Тебе не стоит находиться здесь одной, — произнес он, подходя.

— Но я уже не одна.

— Ты уехала.

— Мне показалось, так будет лучше.

— Нет. — Грант едва слышно вздохнул. — Нет, лучше было бы, если бы я ответил тебе, а не вел себя как самовлюбленный идиот.

Александра молча смотрела на него, не зная, что сказать. Ей хотелось ухватиться за этот шанс, снова поселить в душе надежду, но она боялась нового разочарования. Грант же показал что-то — одеяло, догадалась она.

— Мы так давно не сидели вместе на пляже, — произнес он, и она кивнула, не в силах говорить, потому что в горле встал ком. Когда-то давно они расстилали одеяло на пляже, чтобы насладиться объятиями друг друга. — Присоединишься?

Разум говорил Александре, что не стоит поддаваться соблазну, сердце же считало иначе. Она снова молча кивнула, глядя, как Грант расстилает одеяло на песке. Сев, он протянул ей руку, и она какое-то время смотрела на нее, прежде чем протянула свою в ответ.

— Я не знал, как ответить тебе, — начал он. — Я злился на самого себя. Все эти годы я знал, что в произошедшем было что-то не то. Не только твои слова меня смутили, но и то, что при беседе присутствовал твой отец. Но я позволил своей глупой гордыне одержать верх и убедил себя в том, что ты просто играла моими чувствами.

— Ты сначала возразил мне, — мягко ответила Александра. — Сказал, что не веришь.

— Но потом я поверил. Я сдался и сделал то, в чем обвинял потом тебя. — Грант крепко взял ее руку в свою. — Я убежал от проблемы. Меня потрясла правда, особенно о...

Александра почувствовала, что глаза ее вновь вот-вот нальются слезами. После выкидыша она плакала не один день: представлялось невыносимо жестоким ударом судьбы потерять сначала Гранта, а потом и их ребенка.

— Ты не знал, Грант, — мягко произнесла она.

— Знал! — яростно воскликнул Грант в ответ. — Знал, но подвел тебя. — Он медленно потянулся к ней и осторожно приложил ладони к ее лицу. — Я подвел тебя, Александра, и сегодня я сделал это снова. Прости.

Услышав эти слова, она вздохнула, ощущая, что огромная тяжесть словно спадает с души. Накрыв своей рукой ладонь Гранта, она ответила:

— Не извиняйся.

— Я должен. Я сделал тебе больно. Твой отец все время обижал тебя напрасно, а теперь и я сделал то же самое. — Грант помолчал, а потом заметил: — В последний раз мы вот так сидели на пляже за несколько миль отсюда — тогда мы были просто влюбленной парой.

Александра поежилась. Внезапно ей показалось, что воздух стал не таким теплым, морской бриз уже не ласкал тело, а бросал холодные и колкие крупинки песка.

— Я помню тот вечер, — произнесла она тихо.

Грант потянулся к ней, взял за подбородок и повернул ее лицо к себе.

— Не отворачивайся, — сказал он мягко. — Почему ты не рассказала мне тогда, что происходит?

Паника начала нарастать где-то внутри ее, мешая дышать, но Александра сделала глубокий вдох. Прежде она бы не стала отвечать, не желая конфликта. Но Грант заслуживал того, чтобы знать правду.

— Я боялась — боялась, что, если не выполню приказ отца, тебя и твою мать отошлют в Бразилию. — Она умолкла на миг. — Помню, как ты рассказывал мне о том, как пришел домой и застал отца мертвым. Твой рассказ разбил мне сердце. И потом, при одной мысли о том, что тебя убьют, я не могла даже дышать. — Александра закрыла глаза, и перед ней встал тот образ, который придал ей сил произнести те жестокие слова в библиотеке: Грант, лежащий на улице, с окровавленной грудью и невидящими глазами, устремленными в небо. — Мне следовало сказать тебе. Но я боялась, что ты потребуешь у отца ответа, и он отправит тебя домой просто из ненависти.

Она открыла глаза и поймала взгляд Гранта. Он поверил ей? Или те ужасные слова, что жгли ему душу девять лет, нанесли такой урон, что уже ничего нельзя исправить?

— Я иногда вспоминаю твои слова о том, что нужно уехать. Представляю, куда бы мы могли сбежать.

Александра грустно усмехнулась:

— Убегать — это в моем духе.

— Не говори так.

— Что? — удивленно спросила она.

— Ты построила свою жизнь заново после того, как потеряла почти все. Ты могла сдаться в любой момент, но упорно шла вперед. Ты дала отпор чертовому воришке! — Грант крепче обнял ее. — Ты стала невероятно сильной, Александра.

В ответ она приложила ладони к его лицу и коснулась губами его губ.

Глава 14

Поправив стебель львиного зева, Александра отошла на шаг и обозрела свою работу. На каждом столе стояла ваза с весенними цветами — сиреневыми фрезиями, бледно-розовыми розами, пурпурно-красными белянками и оранжевыми гвоздиками, — составляя приятный контраст зеленому газону и белому дому в отдалении. На миг взгляд ее остановился на балконе, но тут же девушка отвела глаза и стала смотреть на мерно набегающие на пляж волны.

Вчера вечером она проснулась в объятиях Гранта, прижалась к его горячей груди... После занятий любовью на пляже они направились к дому. Грант отнес ее на руках по лестнице в свою спальню, раздел и уложил в кровать. Они заснули в объятиях друг друга. Александра проснулась на рассвете, когда ночной сумрак уступал нежным пастельным оттенкам утра. Почувствовав ее движение, Грант притянул ее ближе к себе, что-то прошептал и поцеловал в лоб. Она осталась с ним, уступая теплу его сильных рук, положила голову на его грудь, слушая мерный стук сердца, как когда-то давно.

Теперь, оставшись наедине со своими мыслями, она могла наконец признаться себе в том, о чем и думать не позволяла: а именно — что по-прежнему любит Гранта, что бы ни говорила себе в первые дни после встречи. Все, что привлекало ее в нем прежде — беззаботная улыбка, ласковые прикосновения, умение видеть и брать от жизни хорошее, — все это осталось, но появилось и кое-что новое: уверенность в себе, целеустремленность. Все это вместе делало Гранта поистине невероятным человеком. Только что делать с этим чувством? Она — так называемый флорист, неимоверными усилиями старающийся спасти крохотный магазинчик, дочь преступника, обитающая в маленькой студии по милости брата, и он — успешный молодой финансист на пороге новых достижений. Конечно, она очень изменилась за эти девять лет, стала сильнее и мудрее, но достаточно ли этого? Достойна она такого мужчины, как Грант? Александра не была в этом уверена, как и в том, что нужно рассказывать ему о своих чувствах. Разве может она снова вовлечь его в отношения, заставив рисковать всем, чего он достиг? Ведь если хоть кто-то узнает в ней Александру Волдсворт, дочь жадного и жестокого директора инвестиционной компании, все пропало.

— Мисс Мосс! — раздался возглас, и Александра резко обернулась. К ней навстречу по лестнице спускалась молодая дама. Лицо ее было очень знакомо, и через минуту Александра вспомнила ее имя.

— Доброе утро, мисс Фридман.

Эллен Фридман тепло улыбнулась. Ей было не больше двадцати одного года, и она была очень красива — высокая и стройная, с длинными прямыми волосами, что, отказываясь повиноваться ветру, ровной волной падали ниже пояса. Она буквально подбежала к одному из столов и наклонилась, чтобы насладиться ароматом гвоздик.

— Цветы прекрасны! — воскликнула она. — Обычно я вижу повсюду букеты маргариток и розы, но ваши композиции такие необычные.

— Спасибо, мисс Фридман.

— Называйте меня Эллен. — Девушка смущенно заправила за ухо прядь волос. — Вообще, я хотела вас спросить... Дело в том, что я выхожу замуж этой осенью.

— Мои поздравления! — искренне произнесла Александра. Она встречала девушку всего пару раз за эти дни, но Эллен была неизменно дружелюбна и мила, чем и располагала к себе.

Эллен улыбнулась шире:

— Спасибо. Мы хотим устроить свадьбу в Радужной Комнате.

Александра вскинула брови от изумления. Эллен говорила про известный небоскреб Рокфеллер-Плаза — в нем на шестьдесят пятом этаже проводились свадебные торжества. В зале были потрясающие окна от пола до потолка, откуда открывался чудесный вид на Эмпайр-стейт-билдинг и на весь Нью-Йорк.

— Как прекрасно!

— Я не могу поверить своему счастью, — согласилась Эллен, но тут брови ее слегка нахмурились. — Но я узнала, что мой флорист должна неделей раньше родить ребенка, а ее ассистентка не уверена, что справится. — Она указала на цветы на столах. — Мне понравились все ваши работы, что я увидела за эту неделю. Вы, наверное, принимаете заказы за год, а то и раньше, до предполагаемого события, но не могу не спросить... может, вы свободны на время моей свадьбы?

Александра с трудом сдержала радостное волнение, вытаскивая телефон. Еще бы: вторая свадьба и еще один клиент. Такими темпами она сможет найти новое место для магазина к зимним праздникам.

— Когда у вас свадьба? — спросила она Эллен.
— В первую неделю октября.
— Вообще-то, я свободна, поэтому...

Она не успела договорить. Эллен радостно взвизгнула и кинулась к ней с объятиями.

— Спасибо! О, мне так нравятся ваши цветы! Моя мама выбрала первого попавшегося флориста — тоже милая женщина, но ее работы такие традиционные, и в них не чувствуется ничего от меня и Гэри, совсем не наш стиль. Знаю, на этой неделе у вас, должно быть, много работы, но, как только вы освободитесь, я буду ждать встречи.

Александра лишь радостно рассмеялась в ответ. Ей не верилось, что наконец судьба вытягивает ей счастливую карту. Они направились к дому и вошли в кухню, где бегали повара из команды Памелы с оладьями и апельсиновым соком для гостей. Судя по гулу голосов, их на завтрак пришло немало.

— Обожаю этот дом, — сказала Эллен, беря стакан сока с подноса. — Мистеру Сантосу так повезло, что он его купил! Отец говорил мне, что за него устраивали настоящие битвы.

— Да, он потрясающий, — согласилась Александра, оглядывая холл и видимую часть столовой в поисках знакомой высокой фигуры. Странно, подумала она, что все убранство дома, включая сводчатые потолки, огромные окна с видом на лужайку и теннисный корт, теряло свою заманчивость без хозяина. Невероятный по красоте особняк становился уютным домом только в его присутствии.

Поймав себя на этой мысли, она улыбнулась, ощущая прилив вдохновения. Что бы ни произошло, сегодня она признается Гранту в своих чувствах! Пора доказать себе — да и ему, — что она верит в их будущее. Приняв решение, она повернулась к Эллен и поймала на себе любопытный взгляд ее карих глаз.

— Как давно вы знакомы с мистером Сантосом? — поинтересовалась она, и всю былую уверенность Александры словно ветром сдуло. Что ей отвечать? Не хочется врать, но и рисковать репутацией Гранта не стоит.

— Недавно, — непринужденно ответила она. — Когда-то давно мы с ним встречались, но вот теперь, когда он переехал в Нью-Йорк, мы фактически познакомились снова.

Эллен подошла на шаг ближе и заговорщически прошептала:

— Правда? Я была готова поклясться, что между вами что-то есть. Вчера вечером он бросал на вас такие взгляды... Мой Гэри тоже умеет ласково смотреть, но мистер Сантос... я думала, он просто вспыхнет на месте.

Александра занервничала еще сильнее. Похоже, им с Грантом стоит обсудить больше, чем она полагала, начиная с того, хочет ли он продолжать отношения, и до того, что именно он готов рассказать окружающим.

— Нет, — с улыбкой произнесла она, — мы с мистером Сантосом встречались однажды, когда я была еще в колледже, но это было так давно. Он, конечно, очень привлекательный мужчина, — добавила она, озорно подмигнув, — но между нами сугубо деловые отношения.

Лицо Эллен омрачилось было тенью разочарования, но только на минуту. Уже через миг глаза ее вспыхнули снова.

— О! Быть может, он питает к вам чувства и скрывает это!

Александра подавила смешок.

— Сомневаюсь. Он не в моем вкусе, да и я — не в его. Вы только представьте нас вместе — нет!

Тут к ним подошел мужчина с посеребренными проседью волосами в белой рубашке и таких же шортах.

— Вот ты где, Эллен, — обратился он к спутнице Александры.

— О, привет, пап. Увидимся позже на пикнике, — обратилась девушка к Александре. — Еще раз спасибо!

Александра осталась одна в темнеющем зале. Провожая Эллен взглядом, она облегченно вздохнула. Стоит надеяться, она не станет рассказывать никому о своих подозрениях относительно ее и Гранта, а им стоит как можно скорее обсудить эту ситуацию.

Тут позади скрипнула дверь. Александра вздрогнула и повернулась.

— Грант! — Она схватилась за сердце, а потом улыбнулась. — Прости, я даже не заметила, что тут есть дверь.

В полумраке было сложно разглядеть лицо Гранта, но что-то было не так. Потянувшись было к нему, Александра одернула себя. Не стоит на людях прикасаться к тому, кто, как она только что выразилась, «не в ее вкусе».

— Все в порядке? — спросила она.

— Пойдем в мой кабинет.

Подавив зарождающуюся панику, Александра последовала за ним. Грант закрыл дверь, но вместо того, чтобы подойти к ней, отошел и встал у окна. Воцарилось неприятное молчание, в котором приглушенный гул голосов и звон бокалов казались громче обычного.

— Вы с Эллен быстро подружились, — наконец произнес Грант.

— Она очень мила. — Александра непонимающе прищурилась. — Ты расстроен тем, что я согласилась поработать на ее свадьбе?

Грант бросил на нее взгляд, который мог бы заморозить бушующее пламя.

— Почему ты так решила?

— Не знаю, это единственное, что пришло мне в голову, потому что я не видела тебя с тех пор, как... — Она умолкла и покраснела.

— С тех пор, как мы занимались сексом? — резко произнес Грант, и холод в его голосе напугал Александру еще больше. Липкая тошнота поднялась к ее горлу, мешая дышать.

— Грант, что происходит? — спросила она, и он повернулся так стремительно, что она невольно отшатнулась.

— Я думал, что за последние несколько дней наши отношения изменились.

— Я... тоже так думала, — ответила Александра в полном замешательстве.

— Тогда почему я слышу, как ты говоришь Эллен, что мы с тобой почти не были знакомы до этого момента? Не лги мне. Я слышал каждое твое слово: как ты сказала, что мы встретились только один раз и это было давно, что я не в твоем вкусе.

— Грант, это не то, что ты подумал, я просто беспокоилась...

— Конечно, беспокоилась — что твое имя будет связано с каким-то иммигрантом из Бразилии? Что люди, подобные Эллен Фридман, не захотят сотрудничать с той, что крутит роман с парнем, который когда-то подстригал газон ее отца и сажал розы в его саду?

Александра потянулась к нему, чувствуя, как слезы жгут глаза.

— Грант, все совсем не так. Я же говорила тебе, почему произнесла те жестокие слова тогда давно. Они не были правдой.

— Конечно нет. Ты никогда ее не говоришь, верно?

— Если ты такого невысокого обо мне мнения, зачем тогда вообще заключил со мной контракт?

Грант наклонился к ней, и жесткий блеск его глаз отпугнул Александру.

— Чтобы показать тебе, что ты была не права. Ведь я добился успеха вопреки твоим предсказаниям. — Он прищурился. — А тебе снова этого мало, так? Ты, едва сводя концы с концами, по-прежнему считаешь меня грязью под ногами.

Александра ужаснулась услышанному: перед ней стоял не тот Грант, которого она знала и любила, а недоверчивый, холодный циник. Когда он успел стать таким? Вероятно, в этом виновата и она. Если бы ей хватило сил побороться за любовь девять лет назад, тени прошлого не тревожили бы их сейчас.

— Грант, ты просто не так все понял.

И снова злой смешок сорвался с его губ.

— Как я могу тебе верить?

Александра признала поражение — она так устала бороться.

— Не можешь, — отрешенно сказала она.

— Значит, я был прав, — невозмутимо заявил Грант, словно ожидал этих слов.

— Нет! Нет, не был. — Александра устремила свой взгляд на изумрудно-зеленую траву газона за окном. — Тогда я влюбилась в тебя, и мои чувства никуда не делись. Но я не смогла противостоять отцу, и эта ошибка, разлучив нас в прошлом, продолжает мешать нам сейчас. — Она умолкла, понимая, что ей предстоит нелегкий шаг. Ей так хотелось обнять Гранта, попросить его о примирении, забыть о прошлом и строить счастливые отношения. Но... по-видимому, всего этого не случится, и единственное, что могла она сделать, — отпустить его. — Я сказала Эллен, что мы почти не знали друг друга, потому что не была уверена, что ты готов рассказать людям о нашем прошлом. А еще я сомневалась, что ее отец захочет продолжать с тобой деловые отношения, узнав, что ты связан с Александрой Волдсворт.

— Эта история произошла девять лет назад, Александра.

Она усмехнулась горько и вымученно.

— Да. Девять лет ты таил злобу на меня и в итоге превратился в жесткого дельца, который не способен на доверие — по крайней мере, ко мне. — Александра сделала жест, призывающий Гранта, готового возразить, замолчать. — Девять лет назад... но отчего-то мне отказали в аренде места для магазина, припомнив все злодеяния отца. Он натворил столько, что теперь мне всю жизнь будут за это мстить.

Грант сделал шаг к ней.

— Я тебе уже говорил, что ты не ответственна за него и его поступки, — прорычал он. — И не один раз.

— Да. Но я и сама натворила немало. У меня был шанс побороться за тебя, Грант, а я его упустила. — Глубоко вздохнув, Александра шагнула к Гранту и приложила руку к его щеке. Ей очень хотелось снова оказаться в его объятиях в последний раз, но он лишь напрягся и едва ли не отшатнулся от ее прикосновения. — Что же до настоящих причин того, почему ты предложил мне контракт, — она сглотнула колючий ком в горле, вспоминая его жестокие слова, — ты не сможешь мне доверять — никогда. Теперь я это понимаю. Ты не поверишь в мою любовь и все время будешь ожидать подвоха. Мы оба изменились. — Теперь ты крупный начальник, ты добился всего, чего хотел. — Александра грустно улыбнулась. — А я просто флорист. Мы не можем быть вместе.

Грант поймал ее за руку.

— Это не то...

В это время в дверь постучали.

— Что? — крикнул рассерженно Грант.

Из-за двери послышался невозмутимый голос Джессики:

— Вам звонит мистер Саймон из Метрополитен-музея. Сэр, я бы не стала вас отвлекать, будь это кто-то другой.

Грант посмотрел на Александру:

— Не уходи, нам нужно еще многое обсудить.

С этими словами он отпустил ее руку и вышел, закрыв за собой дверь. Александра обессиленно опустилась в кресло, ощущая дикую усталость. Как ей надоело постоянно убегать от своего прошлого! Надоело все время выслушивать приказы от других, вместо того чтобы поступить так, как хочется ей, как она считает нужным. Что ж, вот сейчас у нее есть шанс так поступить... Александра мысленно пробежалась по списку того, что необходимо сделать. Сегодня состоится пикник, и он станет последним мероприятием перед отъездом гостей. Цветы для него уже готовы. Если Памела упакует их после и отошлет в местную больницу, чтобы они напоследок порадовали больных, то можно спокойно уезжать. На подругу можно рассчитывать. Что же до Гранта, то абсолютно не имеет значения то, что он хочет ей сказать. Может быть, он и сам решит, что их мимолетному роману конец... даже если нет, и он начнет убеждать ее остаться, из этого не выйдет ничего хорошего. Он никогда не простит ей того, что было, не прекратит сомневаться в ее любви, и их отношения превратятся в череду взлетов и падений. Они оба заслуживают большего.

Приняв решение, Александра взяла блокнот со стола и написала короткую записку. Выйдя из офиса Гранта и поднимаясь к себе, она черкнула пару слов Памеле — такие мелкие дела помогали не думать о своем горе. Но тут таилась опасность другого рода. Не глядя под ноги, Александра споткнулась на последней ступеньке и пролетела вперед, остановившись у стены. Оглянувшись на лестницу, она издала истерический смешок: на ступенях лежала ее туфелька. Учитывая, что она точно так же, как известная героиня, убегает от своего принца, можно провести параллель. Скинув вторую туфлю, Александра взяла обувь в руки и пошла в свою комнату быстрым шагом. Войдя, она положила туфли в гардеробную, сняла платье и потянулась за привычными джинсами и футболкой.

Сказки, напомнила она себе, хороши лишь на страницах книг, в жизни же все иначе. По крайней мере, в ее жизни, где определенно нет места настоящей любви. Если она хочет двигаться вперед, нужно закрыть дверь в прошлое, позабыть о счастливых мечтах о Гранте Сантосе и долгой жизни с ним.

Глава 15

Грант снова взглянул на телефон — должно быть, раз в десятый за последний час. Экран был по-прежнему темным. Он подавил в себе желание написать сообщение. Прошло уже три дня с тех пор, как он вернулся в офис и не нашел там никого. Лишь на столе лежала короткая записка от Александры. Немногословная, выдержанная исключительно в деловом стиле. Он перечитывал ее столько раз, что бумага стала мягкой. Текст гласил: «Мистер Сантос! Что касается цветов с пикника, персонал больницы позаботится о них. Относительно приготовлений к гала-вечеру в Метрополитен-музее я свяжусь с Лорой и Джессикой. Что же до отношений между нами, я убеждена, что в наших интересах оставить их сугубо профессиональными. Это положительно скажется и на деятельности наших компаний. Спасибо за те возможности, что вы мне предоставили. Искренне ваша, *мисс Мосс*».

Отчего-то подпись особенно разозлила Гранта. Ему вспомнилось, как накануне «мисс Мосс» стонала в его объятиях, широко расставив ноги. Рывком открыв ящик стола, он бросил туда телефон и задвинул его, а потом откинулся на спинку кресла, закрыв ладонью лицо. Разве может он винить Александру за побег? Он не дал ей ни единого шанса объясниться — сказал ужасные слова, совсем так же, как и она когда-то. Только она сделала это в попытке защитить его, а в его высказывании не было ничего, кроме гордыни и страха снова обжечься.

Вспоминал Грант и то, как спустя двадцать минут он вошел в комнату девушки и обнаружил, что она уехала, оставив все, что он ей купил, включая украшения и длинное зеленое платье. У него словно открылись глаза. Отчаянно ругая себя, он задавался вопросом, как у него не хватило проницательности, чтобы понять: перед ним именно та добросердечная, милая девушка, в которую он когда-то влюбился, и она никогда не была другой. Правда, сейчас она повзрослела и стала еще более обворожительной, уверенной в себе, естественной.

Грант поднялся и принялся шагать по офису — некогда любимому, олицетворявшему собой все его победы и достижения, сейчас же казавшемуся золотой клеткой. Он заработал миллионы — но для чего? Мать выбрала маленький домик, который был ей дороже особняка на побережье или какой-нибудь роскошной виллы. Вокруг него крутились лишь люди из Нью-Йорка, но их он едва знал... Пожалуй, гибель главаря наркосиндиката была самым выдающимся свершением, но и это не принесло Гранту душевного равновесия. По-настоящему счастлив он был только рядом с Александрой, но теперь все кончено, и виноват в этом он сам.

В этот момент какое-то движение на камерах наблюдения привлекло его взгляд. Грант молча наблюдал на экране, как из лифта вышел Финн с цветочной композицией в руках и направился к столу Джессики. Он был один. Вскоре подошла Лора и, обозрев букет, одобрительно кивнула. Улыбнувшись, Финн направился назад к дверям лифта. Грант моментально сорвался с места, еще до конца не понимая, что собирается сделать.

Он вышел к лифту как раз в тот момент, когда двери его открывались. Последовав за Финном в кабину, он нажал кнопку десятого этажа, где располагались многочисленные кофейни. Двери закрылись, мелодичная музыка прозвучала над головой, а потом воцарилось гнетущее молчание. Грант не знал, как начать разговор: спросить про Александру? Завязать деловую беседу в надежде, что Финн что-то скажет? Подумать только, он всегда был успешным собеседником, и с кем — международными магнатами, удачливыми и предприимчивыми людьми, — а сейчас не в состоянии даже составить предложение. Так они и спускались, лифт добрался до сорокового этажа, когда Финн наконец произнес:

— Я был с ней, когда она потеряла ребенка.

Грант не проронил ни слова. Единственным знаком того, что он услышал сказанное, был резкий вздох. Но внутри его все разрывалось на части.

— Спасибо, — наконец произнес он и, подняв глаза, поймал взгляд Финна. В нем были жалость и раздражение — сочетание, очень разозлившее Гранта. Ему захотелось сказать в ответ какую-нибудь колкость: еще не хватало, чтобы его жалел тот, кто некогда высокомерно насмехался над ним, а сам так низко пал, превратившись из богача в захолустного учителя. Однако Грант сумел себя обуздать. Финн и впрямь очень изменился за девять лет, и тот факт, что другим стало его социальное положение, должен меньше всего свидетельствовать против него. Вообще-то, именно благодаря учителям Грант освоил хорошо язык, переехав в другую страну, получил стипендию, что изменило всю его жизнь. Выходит, что теперь он сам стал напоминать таких, как Дэвид Волдсворт, если в первую очередь судит о человеке лишь по его финансовому положению. Между тем те новые черты, что Грант успел заметить в характере Финна, нравились ему, не говоря уже о том, что он был благодарен тому за нахождение рядом с Александрой в трудную минуту и сохранение ее тайны.

— Она сказала мне тогда, что чувствует себя так, будто потеряла тебя во второй раз. Что, быть может, она это заслужила.

— Что? — резко переспросил Грант. — Чем заслужила?

— Тем, что не дала отпор Дэвиду и ранила твои чувства.

— Она пыталась защитить меня и мою мать.

Произнеся эти слова вслух, Грант вдруг словно увидел всю ситуацию с другого ракурса. Александре тогда было всего девятнадцать... Да, приди она к нему, все могло бы быть иначе. Но Дэвид действительно обладал значительной властью. Что, если бы ему и впрямь удалось осуществить свой коварный замысел по отправке соблазнителя дочери домой? Возможно, Грант обязан Александре жизнью и успехом.

В нем заговорило сожаление: сколько времени он потратил на глупую гордыню! Но больше терять его нельзя. Нельзя отпускать Александру просто так, не поборовшись за нее.

— Как она? — спросил он у Финна.

— Плохо. Почти так же, как тогда, в прошлый раз. Думаю, единственное, что держит ее на плаву, — это подготовка к вашему гала-вечеру.

— Я люблю ее, — произнес Грант.

— А она любит тебя, — без промедления ответил Финн. — И что ты намерен делать?

Улыбка тронула губы Гранта — первая настоящая улыбка за несколько дней.

— Мне нужна твоя помощь.

Глава 16

Александра неотрывно смотрела на бланк приглашения, лежащий на ее столе, — тисненые буквы на глянце сверкали, напоминая о том мире роскоши, куда она отныне была не вхожа. Пальцы ее погладили букву «С» в фамилии Гранта — горло сжал спазм. Александра вздохнула. Ей несказанно повезло испытать в жизни такие чувства, что посеял в душе Грант, — большинству людей они были неведомы. И сейчас, когда наконец-то и в карьере наметился положительный поворот, она сидит и горюет. Неужели она ни капли не изменилась и готова снова отказаться от желаемого только лишь из страха неизвестности?

Звякнул телефон. Взяв его в руки, Александра прочла сообщение от Финна: «Привет, сестренка. Нам сегодня предложили посмотреть на место, где будет проходить свадьба. Не могут ли твои новые сотрудницы помочь с доставкой цветов? Прости, я буду тебе обязан». Ну вот, подумала она, оказывается, брат ни о чем не догадался. Она не рассказывала ему о том, что произошло между ней и Грантом, но, услышав ее просьбу помочь с цветами для Метрополитен-музея, Финн так понимающе взглянул на нее... Александра снова вздохнула, на сей раз чтобы успокоиться. Ничего не поделать: нравится ей это или нет, Финна нельзя винить за то, что он не в силах читать мысли.

Взгляд ее снова переместился на бланк приглашения: сумеет ли она доказать самой себе, что и впрямь изменилась? В конце концов, теперь она не под каблуком у диктатора-папы, да и в остальных сферах жизни наблюдаются перемены: на днях в магазин заходили Гарри Хилл и Люси. Люси тактично поинтересовалась, устраивает ли Александру то здание, где в данный момент располагался «Колокольчик», а потом они тут же предложили ей аренду одного из своих помещений. Через неделю «Колокольчик» переедет и будет располагаться всего в паре магазинов от книжного, где работали Финн и Аманда. Выходит, она не зря так усердно трудилась и даже порой рисковала.

Что же, получается, Грант недостоин того, чтобы ради него рискнуть? Наконец Александра приняла решение. Она доставит цветы, позаботится о том, чтобы сегодняшний вечер прошел без сучка и задоринки, а перед уходом поговорит с Грантом и признается ему в своих чувствах. Вряд ли он ответит ей взаимностью, судя по той вспышке ярости, свидетелем которой она была в Хэмптоне, но нужно сказать ему правду.

Взяв в руки телефон, Александра написала ответ Финну: «Хорошо, я все сделаю». Тут же пришло его сообщение: «Отлично. Сегодня твой вечер, сестренка».

Александра вытерла потные ладони о штаны, нервно оглядывая большой зал, освещенный косыми лучами заходящего солнца. До начала гала-вечера оставался час. Все было уже готово, букеты на столах, покрытых черной скатертью, радовали глаз красными, розовыми, коралловыми оттенками, напоминая о начале весны. Как только основное освещение приглушат и зажгут серебряные светильники, розы и пионы будут особенно выделяться на фоне черного.

Александра искала глазами Гранта. Она полагала, что он непременно должен быть здесь, проверяя, все ли в порядке. Но вокруг сновали лишь люди из команды Памелы и Джессика — в своих неизменных туфлях на невозможно высоких каблуках она расхаживала по залу, вооруженная планшетом и ручкой, точно рыцарь — щитом и мечом. Что ж, подумала Александра, так даже лучше. Приносить извинения вкупе с признанием в любви перед началом серьезного мероприятия, одного из основополагающих в карьере Гранта, — неумная затея. Вероятно, они смогут встретиться на следующей неделе. Она принесет ему букет, поздравит с успехом и все расскажет.

— Мисс Мосс! — раздался повелительный возглас Джессики, и Александра вздрогнула, с опаской оборачиваясь. Определенно в этой женщине пропал инструктор по строевой подготовке.

— Да? — робко произнесла она.

Джессика, подойдя, окинула столы критическим взглядом. Вот кто главным образом оценивает ее работу, подумала вдруг Александра. Именно такие люди, как Джессика, руководя многочисленными событиями и оставаясь при этом в тени, решают, имеет ли тот или иной бизнес право на существование.

Осмотрев все, Джессика на миг посмотрела на Александру и вдруг улыбнулась. Не дежурной и натянутой улыбкой, а искренне и тепло, сразу превратившись в настоящую красавицу.

— Как красиво, мисс Мосс.

— Спасибо, — запинаясь, ответила Александра.

— Когда вы пришли к нам впервые, я отнеслась к вам скептически. Но ваши работы превращают мероприятия из холодных, безликих презентаций в события, притягивающие внимание. Именно то, в чем наше руководство нуждается. — Она бросила взгляд на часы. — Мисс Джонс разбирается с небольшой проблемой, но я отправила ей фотографии, она в восторге и хотела бы обсудить с вами даты предстоящих событий в «Пирсон групп».

Александра почувствовала, как сердце ее радостно подпрыгнуло при одной мысли о том, что она будет продолжать работать для компании Гранта.

— Мне очень приятно слышать это от вас, Джессика, — ответила она. — Я знаю, что ваши критерии оценки, как и у мисс Джонс, очень высоки, и то, что мы отвечаем им, делает честь «Колокольчику».

Джессика в ответ приподняла бровь.

— Все это прекрасно, но вы должны гордиться и собой тоже.

Пожимая руку Джессики, Александра ощущала, как тепло разливается внутри ее. Она частенько старалась отделить себя от магазина, называя его имя вместо своего, и причиной тому был страх зазнаться, подобно отцу. Но сейчас она как никогда более отчетливо поняла: Джессика права, она вложила в свою карьеру многое, и ее усердный труд начинает давать плоды.

— Спасибо, — произнесла она.

Джессика выразительно посмотрела на нее.

— И на него вы тоже влияете положительно, — внезапно сказала она.

Александра так и застыла, чувствуя, как быстро-быстро забилось ее сердце.

— Что? — спросила она растерянно.

— Он стал более спокойным, дружелюбным. «Пирсон групп» — уже третий стартап в моей карьере, так что у меня есть кое-какой опыт. Он очень умен, но я переживала, что его отчаянная жажда достичь всего и сразу оттолкнет клиентов. Однако в последние пару недель мистер Сантос очень изменился, и это мне нравится. — Джессика состроила гримасу. — Ну, разве что за исключением последней недели, не узнаю его в этом мрачном, ворчливом субъекте.

Александра невольно улыбнулась, хотя на душе ее скребли кошки.

— Я совершила ошибку, Джессика, — призналась она.

И снова Джессика удивила ее. Положив руку ей на плечо, она мягко сказала:

— В таких делах виноваты всегда двое, Александра. Я бы не стала пока ставить точку.

С этими словами она повернулась и удалилась, стук ее каблучков повис в воздухе. Александра смотрела ей вслед, пытаясь разгадать смысл ее слов, но тут ее внимание привлек телефон. Глядя на экран, она нахмурилась: номер был незнакомым. Новое сообщение гласило: «Проверьте еще раз цветы в саду на крыше». Что это — Джессика дала ее номер кому-то из сотрудников музея? Или Лора Джонс поделилась им с кем-то из своей команды? Вздохнув, Александра направилась к лифту. Сейчас ей больше всего хотелось оказаться дома, лечь в горячую ванну с пеной и тщательно продумать то, что она скажет Гранту. Но с другой стороны, ей уже удалось завязать полезные знакомства и найти новых клиентов: ее ожидали три свадьбы, новогодняя вечеринка и юбилей, а это означает, что у «Колокольчика» будет работа и деньги еще по крайней мере на год вперед.

Лифт со свистом поднялся наверх, двери открылись, и Александра оказалась в саду-баре на вершине Метрополитен-музея под названием Cantor Rooftop Garden Bar — оттуда открывался потрясающий вид на Нью-Йорк, который горделиво красовался на фоне розового неба с медленно скатывающимся к горизонту солнцем. Длинные белые столы и такого же цвета стулья были украшены изящными веточками плюща. Светильники висели над головой гостей, создавая уютный полумрак, а на каждом столике стояли небольшие круглые стеклянные вазочки с розами и белыми цветами. Букеты со львиным зевом, фрезиями, геранью и цветками с национального символа Бразилии — дерева ипе — красовались в центре зала. Скоро солнце совсем зайдет, подумала Александра, с гордостью оглядывая зал. Зажгут свечи, а в отдалении будут сиять огни Нью-Йорка: чудесно. Нужно не забыть разместить фотографии на своем сайте и в социальных сетях.

Быстро пройдясь между столами, Александра убедилась в том, что букеты в полном порядке: листья свежие и зеленые, лепестки полностью развернуты и упруги. Наверное, какой-то чересчур старательный сотрудник решил проверить все лишний раз, подумала она, идя обратно к лифту. Нажав кнопку, она подождала — ничего. Вздохнув, она снова нажала ее — и опять лифт не приехал. Александра дошла до двери, что вела на лестницу, — она оказалась заперта. Ну вот, превосходно: она закрыта на крыше Метрополитен-музея в джинсах и футболке, а до вечеринки, на которой будут самые влиятельные и состоятельные люди Нью-Йорка, осталось меньше часа. В панике Александра принялась оглядываться по сторонам в поисках какой-нибудь пожарной лестницы или другого выхода. И тут откуда ни возьмись появился Грант.

— Ты запер дверь, — произнесла она.

— Да.

— Незачем говорить это с таким самодовольством.

Александра устремила взгляд к башням-небоскребам, что возвышались у южной окраины Центрального парка. Голубые стеклянные панели сверкали в золотых лучах заходящего солнца, а в офисах за стеклом были видны люди, что занимались своими делами... может быть, если смотреть на них, она сможет держаться спокойно в этой нелегкой беседе.

— Самодовольство? Тебе явно показалось. — Грант помолчал, и в этой паузе Александре послышалась некая неуверенность, даже затаенная боль.

Она заколебалась: стоит ли говорить ему сейчас о своих чувствах? Она и так заставила его пережить много страданий. Быть может, ее слова лишь разбередят старые раны? Но тут он произнес:

— Ты сбежала.

Александра вздохнула. Как бы то ни было, она должна сказать ему правду.

— Да. Прости... — Она повернулась, делая глубокий вздох, словно перед прыжком в воду: пора. Лучше рассказать все, как есть, они оба заслуживают этого. Потом, когда Грант ее отвергнет, так же как сделала с ним она когда-то, она отправится домой и утешит себя горячей ванной и большим бокалом вина. — Мне нужно кое-что тебе сказать.

Глава 17

Грант буквально пожирал Александру взглядом, отмечая каждую деталь в ее внешности, хотя они не виделись всего несколько дней. Темно-каштановые волосы, завязанные в хвост и спадающие на шею, аккуратный вздернутый носик, из-за чего лицо ее казалось немного озорным, упрямо сжатые губы — показатель того, какой сильной и решительной она стала за эти годы. Он по-прежнему любил ее, любил даже больше, чем прежде. Ее мужество, милосердие, умение держаться с достоинством и находить радость даже в тяжелые минуты восхищали его. Она построила свою жизнь заново без помощи всемогущего отца, и это не могло не вызывать уважение.

— Мне нужно кое-что тебе сказать, — произнесла она, и Грант ощутил, как внутри его все похолодело: именно с этих слов началась их беседа в библиотеке девять лет назад.

— Мне тоже, — ответил он. — Ты первая.

Александра закусила губу.

— Я недавно просила прощения за то, что была трусихой тогда, девять лет назад. Но на днях снова показала себя не с лучшей стороны.

— Нет, Александра, это... — запротестовал Грант, но она прервала его:

— Не оправдывай меня. — Отвернувшись, она отошла, скрестив на груди руки. — Когда ты решил, что я снова отказываюсь от наших отношений, я обиделась и даже немного рассердилась. Но... как ты мог подумать что-то другое?

Грант видел, как она задумчиво склонила голову, слышал, как голос ее превратился в шепот. Она винила во всем себя, и ему было от этого больно. Александра же продолжала:

— После того как я позволила отцу разрушить то, что между нами было... не поборолась за нас...

В два шага Грант преодолел расстояние между ними, рывком развернул к себе девушку и притянул к себе, одна его рука легла на ее талию, другая — на затылок. Он поцеловал ее в изумленно приоткрытые губы, вложив в этот поцелуй все: свою любовь, сожаление, свою страсть и надежду. Александра поначалу не отреагировала, и он лишь крепче обнял ее. Если она оттолкнет его, по крайней мере, в его памяти останется этот момент.

И тут она ожила в его руках, губы ее ответили на его поцелуй, руки обвились вокруг шеи. Прижавшись к нему, она прошептала его имя... Грант прислонился лбом к ее лбу и сказал:

— Александра, тебе было всего девятнадцать лет, и тобой управлял жестокий манипулятор. Я ведь знал, что что-то случилось, чувствовал это. Я знал тебя, как никто другой, и все равно ушел. — Грант приподнял ее подбородок, чтобы заглянуть в глаза. — Это я оставил тебя. Мне было больно, и я позволил своей чертовой гордыне взять верх над здравым смыслом. Это я оставил тебя и нашего ребенка... — он умолк на минуту, — во власти этого монстра. А теперь, когда у меня появился шанс на будущее вместе с тобой, я опять чуть было все не разрушил.

Александра приложила руки к его лицу, слезы заблестели в ее глазах.

— Не смей брать на себя всю ответственность. Я тоже совершала ошибки.

Грант рассмеялся.

— Мы что, будем здесь стоять и спорить, кто больше виноват? Или все-таки позволишь мне признаться тебе в любви?

Глаза Александры вспыхнули, робкая надежда засветилась в них.

— Ты... любишь меня?

— Я никогда не прекращал. Могу ли я надеяться, что ты...

Подпрыгнув, она обхватила его ногами, зарылась лицом в его шею и разрыдалась.

— Александра, — произнес Грант в замешательстве.

— Это слезы счастья! — Откинувшись назад, она улыбнулась так солнечно, что улыбка эта могла бы затмить собой все огни Нью-Йорка. — Я люблю тебя, Грант. Я люблю тебя и пришла сюда сегодня, чтобы сказать это.

— И я тебя люблю. Тем летом я совершил большую ошибку, возведя тебя на высокий пьедестал своих ожиданий и восторгов. Рано или поздно ты бы все равно на нем не удержалась. Это только моя вина, — остановил он Александру. — Да, ты совершала ошибки, но и я тоже. И вот мы оба готовы простить и любим друг друга — и надеюсь, готовы идти дальше. Вместе.

На губах Александры появилась робкая улыбка.

— Звучит очень неплохо.

— Отлично.

Отпустив руку девушки, Грант сделал шаг назад и опустился на одно колено. Из кармана он вытащил маленькую темно-синюю коробочку и откинул крышку. Внутри было зеленое кольцо из турмалина с серебряными розочками, вьющимися по ободку, на которых переливались бриллианты. — Александра Мосс, окажешь ли ты мне честь и согласишься ли стать моей женой?

Александра заколебалась.

— Грант... Люси Хилл была так добра, узнав, кто я на самом деле. Но что, если найдутся люди, не готовые простить мне мое прошлое? Я не хочу навредить тебе.

— Значит, этим людям не место в моей жизни, если они не могут оценить тебя за твои личные качества. Послушай, ты — вероятно, самая сильная женщина из всех, кого я встречал. Не позволяй страху остановить тебя. Мы сделаем это вдвоем.

Вся тревога покинула Александру. Теперь она готова была заплакать от счастья.

— Да, Грант, я буду счастлива стать твоей...

Он не дал ей досказать, прижавшись к ее губам поцелуем. Руки его скользнули ниже, легли на ее ягодицы, он притянул ее к себе, давая почувствовать, насколько возбужден сам.

— Грант... Я так хочу... Но твои гости...

— Черт. — Он оглянулся на закрытую дверь, потом посмотрел на часы. — К сожалению, у нас нет времени на то, чтобы как следует отпраздновать это событие прежде, чем сюда придут. Но я сегодня жду тебя у себя и намерен показать, как твой ответ меня обрадовал. А пока, раз уж мы все равно не можем уйти, тебе стоит посмотреть на свой подарок.

— Тебя мне вполне достаточно, — заверила его Александра.

Грант подошел к двери, ведущей на лестницу, открыл ее и достал белую коробку с красным бантом на крышке.

— Открой ее.

Александра робко улыбнулась. Увидев эту улыбку, Грант поклялся себе, что будет радовать ее подарками по крайней мере раз в неделю, чтобы только лицезреть ее искреннее радостное предвкушение.

— Грант! Это же... — ахнула девушка, вытаскивая из коробки длинное зеленое платье.

— Оно твое.

Она взглянула на него абсолютно счастливыми глазами.

— Это ведь ты все покупал, так ведь? Платья, украшения?

— Да. — Грант легонько погладил ее пальцем по подбородку. — Ты этого заслуживаешь.

Она подняла платье и приложила его к себе, поглаживая гладкий материал.

— Джессика кое-что добавила от себя.

— И Джессика тоже поучаствовала? — Александра рассмеялась. — Я никогда... — Она на миг умолкла, вытащив прозрачные туфельки, на каблуках которых поблескивали крохотные бриллианты. — Не могу поверить, что она запомнила. Я даже не рассчитывала на то, что она меня услышит.

— Она сказала мне, что ты вложишь заработанные деньги в бизнес, а не потратишь на себя, потому и купила туфли.

Грант подошел ближе к ней.

— Я бы был счастлив, если бы ты надела это платье, туфли и кольцо. — Он вытащил кольцо из коробки и надел ей на палец. — Мы объявим о нашей помолвке сегодня вечером.

Александра рассмеялась:

— Это все и вправду происходит наяву? Или мне снится сказочный сон и я скоро проснусь?

Грант притянул ее к себе и произнес:

— Реальнее не бывает. И я намерен напоминать тебе каждый день, как мне повезло с тобой.

Эпилог

Три года спустя

Грант поднял голову с пляжного полотенца. До него донесся детский лепет, и он улыбнулся. Это была его дочь Карла — она, абсолютно счастливая, плескалась на мелководье, и волны мерно набегали на берег. Александра сидела рядом, поправляя ее панаму одной рукой и насыпая мокрый песок на пухлые ножки — другой.

Три года пролетели так быстро, что Грант не мог поверить в то, что все это произошло. После помолвки в прессе поднялась настоящая волна публикаций — главным образом положительных, — а Джессика умело направляла репортеров, подсказывая им при каждом удобном случае, что Александра жила на собственные средства, при этом делая пожертвования в фонд тех, кто пострадал от финансовых махинаций ее отца. Грант закрыл ее долг, выплатив несколько сотен миллионов долларов, и это тоже весьма поспособствовало улаживанию щекотливого дела. Были люди, которые не могли забыть о прошлом Александры, но Грант сдержал обещание и не имел с ними дела.

Свадьбу они отпраздновали в октябре, и торжество было только для узкого круга людей, а на Рождество Грант узнал, что скоро станет отцом. Спустя семь месяцев на свет появилась Карла — от матери она унаследовала золотисто-зеленые глаза.

Компания «Пирсон» вскоре завоевала ошеломительный успех. Спустя меньше года после открытия состояние Гранта превысило один миллиард долларов. Однако теперь это некогда желанное событие не принесло ему столько радости, как раньше. Глядя на Александру, сажающую на колени ребенка, он признал: вот основное счастье его жизни. Да, компания важна, но сейчас деньги он направлял в основном на благотворительные цели. Жена ему активно в этом помогала. Она в свободное время занималась любимым занятием — составлением свадебных букетов и других праздничных композиций.

Несколько раз в году они ездили в Бразилию. Впервые за двадцать лет Грант встретил свою семью. Его мать сияла от счастья, вернувшись в некогда родные места, и видеть ее радость было отдельным удовольствием.

Александра подняла голову и, поймав его взгляд, озорно подмигнула.

— Когда приезжает твоя мама? — спросила она, подбрасывая дочку на коленях.

— В пять. А Финн с Амандой и их близнецы-разбойники приедут завтра. Моя мать будет вне себя от счастья с тремя сорванцами рядом. — Грант протянул руки, улыбаясь, и Александра передала ему малышку. Карла ухватила его ручкой за палец.

— Может, сегодня Карла захочет остаться с бабушкой, а мы отправимся на ужин.

Грант посмотрел на нее с удивлением:

— А что, есть повод?

Александра опустилась рядом с ним на полотенце и игриво похлопала его по бедру.

— Ну, я просто подумала, что нужно пользоваться возможностью, пока она есть. Будет куда сложнее вырваться с двумя детьми на руках.

До Гранта не сразу дошел смысл ее слов.

— Постой... Ты... — он невольно посмотрел на ее живот, — правда?

— Примерно семь недель.

Грант перетянул ее на свое полотенце и крепко поцеловал. Карла громко закричала:

— Я целовать папу!!

Обняв его ручками за шею, она запечатлела на щеке поцелуй. Грант рассмеялся.

— Я ошибался, — произнес он, целуя макушки дочери и жены.

— В чем?

— Мы все-таки живем в сказке.

Грейсон Эмми

Г80 Любовь под маской льда: роман / Пер. с англ. В.А. Свеклиной. — М.: Центрполиграф, 2024. — 159 с. — (Любовный роман).

ISBN 978-5-227-10505-9

Александра Волдсворт — наследница огромного состояния и завидная невеста. У нее было все, кроме отцовской любви, — властный и жестокий Дэвид Волдсворт предпочитал управлять жизнью дочери, а не дарить ей счастье. Он заставил ее расстаться с ее любимым, и от этого удара Александра не могла оправиться много лет... Жизнь ее перевернулась с ног на голову — пришлось познать и темные ее страницы. В один из самых тяжелых дней Александра встретилась с тем, кто мог бы помочь начать все сначала. По иронии судьбы им оказался ее прежний возлюбленный...

УДК 821.111(73)-31
ББК 84(7Сое)

Для возрастной категории 16+

Литературно-художественное издание

Грейсон Эмми

ЛЮБОВЬ ПОД МАСКОЙ ЛЬДА

Роман

Ответственный редактор *Ю.А. Чевтайкина*

Технический редактор *А.В. Лабутина*

Ответственный корректор *Т.В. Соловьева*

Подписано в печать 24.01.2024.
Формат 70×100 ¹/₃₂. Бумага типографская. Гарнитура «Ньютон».
Печать офсетная. Усл. печ. л. 6,50. Уч.-изд. л. 5,68.
Тираж 100 000 (1-й завод 1—8 000) экз. Заказ № 681

ООО «Издательство ЦП»
111024, Москва, 1-я ул. Энтузиастов, 15
E-MAIL: CNPOL@CNPOL.RU

WWW.CENTRPOLIGRAF.RU

Отпечатано в типографии «ТДДС-Столица-8»
111024, г. Москва, ш. Энтузиастов, д. 11а, корп. 1